W0357148

sous le charme gitan

J'AI LU

BARBARA CARTLAND — *ŒUVRES*

LES BELLES AMAZONES	*J'ai Lu* 727**
LA NAÏVE AVENTURIÈRE	*J'ai Lu* 751**
CONTREBANDIER DE L'AMOUR	*J'ai Lu* 783**
LA VALSE DES CŒURS	*J'ai Lu* 828**
LA FÉE DE LA GLACE	*J'ai Lu* 845***
LE FANTÔME DE MONTE-CARLO	*J'ai Lu* 854***
L'AMOUR VIENT QUAND IL VEUT	*J'ai Lu* 868**
L'IRRÉSISTIBLE AMANT	*J'ai Lu* 758**
UNE TROP JOLIE GOUVERNANTE	*J'ai Lu* 804**
LA RÉVOLTE DE LADY CORINNA	*J'ai Lu* 964***
LE PRINTEMPS D'AURÉLIA	*J'ai Lu* 878***
LE RETOUR DE LA BELLE INCONNUE	*J'ai Lu* 883***
L'AMOUR AU BOUT DU CHEMIN	*J'ai Lu* 965**
LA BELLE ET LE CAVALIER	*J'ai Lu* 985***
LE MASQUE DE L'AMOUR	*J'ai Lu* 973**
LA SORCIÈRE AUX YEUX BLEUS	*J'ai Lu* 1042**
LA FIANCÉE RÉTICENTE	*J'ai Lu* 993**
CLÉONA ET SON DOUBLE	*J'ai Lu* 908**
L'IMPÉTUEUSE DUCHESSE	*J'ai Lu* 1023**
LE CORSAIRE DE LA REINE	*J'ai Lu* 1077***
ESCAPADE EN BAVIÈRE	*J'ai Lu* 931**
LA SPLENDEUR DE VENTURA	
LES HASARDS DE L'AMOUR	*J'ai Lu* 1014**
LES AMOURS MEXICAINES	*J'ai Lu* 1052***
LES ROSES DE LAHORE	*J'ai Lu* 1069**
PAR AMOUR OU PAR PITIÉ?	*J'ai Lu* 1088***
C'EST LUI LE DÉSIR DE MON CŒUR	*J'ai Lu* 953***
L'AIR DE COPENHAGUE	
LE BAISER DU DIABLE	
LES SEIGNEURS DE LA CÔTE	*J'ai Lu* 920**
LES FEUX DE L'AMOUR	*J'ai Lu* 944**
AMOUR SECRET	*J'ai Lu* 898**
CŒUR CAPTIF	*J'ai Lu* 1062**
LE CAVALIER MASQUÉ	
PRINTEMPS A ROME	
POUR L'AMOUR DE LUCINDA	
SÉRÉNA (OU LE HASARD DES CŒURS)	*J'ai Lu* 1087****
LA FILLE DE SÉRÉNA	*J'ai Lu* 1109****
LE VALET DE CŒUR	
SOUS LE CHARME GITAN	*J'ai Lu* 1120**
SAMANTHA DES ANNÉES FOLLES	
LE SECRET DE SYLVINA	*J'ai Lu* 1032**
QUAND L'AMOUR TRIOMPHE	*J'ai Lu* 1076**
UN HOMME POUR DEUX CŒURS	
LE MESSAGE DE L'ORCHIDÉE	*J'ai Lu* 1072**
AU PÉRIL DE L'AMOUR	*J'ai Lu* 1097***
L'AMOUR FOU DE ZIVANA	
UN FAUX MARIAGE	*J'ai Lu* 1121***
LA FLAMME D'AMOUR	*J'ai Lu* 1110**
LE TERRIBLE SECRET DE GISELDA	*J'ai Lu* 1003**
MESSAGÈRE DE L'AMOUR	*J'ai Lu* 1098**
DES FLEURS POUR MON AMOUR	
COMTESSE NATACHA	
SERAS-TU LADY, GARDENIA?	
LES BEAUX MESSIEURS DE PETRINA	
LA PREMIÈRE ÉTREINTE	
MON BEAU CAPITAINE	
FIANCÉS SANS AMOUR	
L'ENCHANTEMENT DU DÉSERT	
QUE NOTRE AMOUR DURE	
LES LARMES DE L'AMOUR	
LES DÉTOURS DE L'AMOUR	

BARBARA CARTLAND

sous le charme gitan

traduit de l'anglais par Jean-Louis Lassère

Éditions J'ai Lu

Ce roman a paru sous le titre original :

BEWITCHED

1

– Mon cher Fabius, c'est là le meilleur porto que vous m'ayez jamais offert! déclara le capitaine Charles Collington.

– Je suis heureux qu'il soit à votre goût, répondit le marquis de Ruckley. La lumière des chandelles que reflétait la table parfaitement cirée éclairait son visage. Il était impossible d'imaginer homme plus séduisant et plus élégant. Sa cravate, nouée avec recherche, le col de sa chemise d'une blancheur impeccable auraient fait pâlir d'envie les dandys qui suivaient la mode avec le plus grand soin.

– Mon père a eu une fort bonne idée, continua-t-il, de mettre de côté un baril de ce vin délicieux.

Le capitaine Charles Collington sourit.

– Il n'y a pas si longtemps, nous aurions trouvé n'importe quel vin délicieux auprès du breuvage que l'on nous servait pendant la campagne du Portugal.

– Nous étions trop heureux alors de trouver une bouteille pleine, répondit le marquis sur un ton plus sérieux. J'ai toujours eu la conviction que les paysans dissimulaient leurs réserves.

– Je le crois aussi, dit Collington. Mais si une

armée étrangère occupait votre pays, peut-être agiriez-vous de même.

– Vous souvenez-vous, Charles, de cette région désertique que nous avons traversée un jour? J'avais tellement soif que la seule pensée de toutes les bouteilles de champagne qui se vidaient au même instant à Carlton House m'irritait le gosier!

– Moi aussi, j'ai souvent pensé avec mélancolie à tous ceux qui vivaient des jours heureux alors que nous risquions notre vie au combat.

Le marquis se servit un autre verre et passa la carafe de cristal taillé à son ami.

– Et pourtant, Charles, je regrette souvent que nous ne soyons plus en guerre.

– Grands dieux, quelle déclaration me faites-vous là! s'exclama Collington. Je ne vous cache pas que huit ans de service m'ont largement suffi.

– Allez-vous quitter l'armée définitivement?

– Peut-être, répondit Collington. Hélas, je ne dispose pas d'assez d'argent pour entreprendre autre chose.

– Vous voulez dire que vous seriez capable de dépenser tout ce que vous possédez à boire et à jouer? Rien n'est plus ruineux que l'oisiveté.

– C'est aussi mon avis, répondit Collington.

– J'ai aussi réfléchi à cette question, reprit le marquis. J'ai suffisamment de fortune pour ne rien faire, mais l'oisiveté me pèserait.

– Vraiment, Fabius, vous êtes bien difficile à satisfaire, protesta Charles. Vous avez d'immenses propriétés, des chevaux de première qualité, vous êtes l'orgueil du *Four in hand Club* et vous passez pour le meilleur fusil d'Angleterre. Que voulez-vous de plus?

Il y eut un silence, puis le marquis reprit :

– Je n'en ai aucune idée, mais tout cela ne me semble pas suffisant.

– Avez-vous eu un chagrin d'amour?

– Mon Dieu non! s'exclama le marquis. Je me soucie bien peu d'amour.

– Je pensais tout le contraire, répondit Collington avec un franc éclat de rire. Vous êtes trop séduisant, c'est le tort que vous avez, Fabius. Vous n'avez qu'à sourire à une femme pour qu'elle se jette aussitôt dans vos bras.

Le marquis ne répondit pas. Une ride barrait son front et il fixait son verre de porto d'un air pensif.

Au fond, Collington avait raison. Il était un des plus beaux partis d'Angleterre et les femmes étaient prêtes à se jeter dans ses bras pour un seul regard.

Le marquis était connu pour ses goûts difficiles. Depuis la fin de la guerre il avait passé le plus clair de son temps à Londres où il avait eu plusieurs aventures galantes. Celles-ci avaient été largement commentées dans le cercle qu'il fréquentait. En homme discret et avisé, il avait su éviter le scandale, d'autant plus aisément que la complaisance des maris trompés était sans limites.

Il conservait en présence des plus jolies femmes une attitude distante qui leur donnait l'impression d'être indignes de lui.

Parmi les membres du corps de ballet qui était la réserve de beautés la plus prisée des dandys, le marquis était surnommé « le lord magnifique et puissant ».

Collington, assis en face de lui, le regardait avec attention : il ne l'avait jamais vu aussi maussade.

– Je sais quel est votre vrai problème, Fabius. Vous devriez vous marier.

– Me marier? s'exclama le marquis interloqué.

– Vous avez vingt-sept ans, comme moi, et les années passent vite. Nous avons derrière nous une génération de blancs-becs qui nous aiguillonnent. Ils sont prêts à nous ravir les plus riches héritières si nous n'y prenons pas garde.

– Bon nombre d'entre eux décamperaient au premier coup de feu, dit le marquis, d'un ton acerbe.

– Vous exagérez peut-être un peu, Fabius. Cependant, je reconnais qu'ils manquent de maturité. C'est vrai que la guerre mûrit un homme.

Le marquis sourit.

– Ainsi, vous pensez, Charles, que le mariage serait le remède à tous mes maux?

– Je n'ai pas dit cela, répondit Collington. C'est une simple suggestion pour dissiper votre ennui.

Fabius éclata de rire.

– Je crois que le remède serait pire que le mal. Imaginez-vous ce que cela signifie d'être lié à une femme pour toujours?

– Comme vous voudrez, Fabius, mais n'oubliez pas qu'il vous faut un héritier.

Le marquis redevint sérieux.

– Vous pensez à Jethro, n'est-ce pas?

– Exactement, répondit Collington. Vous savez, je suppose, qu'il comptait vous voir disparaître dans cette guerre?

– Je le sais. J'ai tout fait pour échapper aux balles ennemies, car l'idée de voir Jethro s'installer à Ruckley en qualité de sixième marquis m'était insupportable.

– Je l'admets volontiers.

Charles Collington vida son verre et ajouta :

– Nous n'allons pas rester ici toute la nuit à tenir des propos sur votre sinistre cousin ou à chercher une solution à votre ennui. Si nous allions nous distraire ailleurs?

Le marquis jeta un coup d'œil à la pendule qui se trouvait sur la cheminée.

– Je pensais que nous pourrions aller à l'Opéra après la représentation. Il y a là une ravissante rousse que j'envisageais d'inviter à souper un soir.

– Je la connais, dit Collington. C'est une Viennoise. Je crois que pour ce soir au moins, elle serait capable de chasser vos idées noires.

– Je crains, hélas, que cela ne dure pas. On se lasse vite de parler à ces jolies colombes, en particulier aux étrangères. Il semble qu'en leur compagnie, les heures ne passent pas. Venez souper avec moi, Charles. N'y a-t-il pas dans la troupe quelqu'un qui vous plaise?

– J'ai déjà passé en revue les plus séduisantes d'entre elles. Je suis de votre avis, Fabius, on ne trouve vraiment rien à leur dire.

Le marquis soupira :

– « Vous trouvez moi jolie? », dit-il, affectant un accent étranger et une voix aiguë. « Vous me donnez un joli bijou? »; « C'est difficile pour moi de payer le loyer. » Mon Dieu, comme je suis las de ces caquetages!

– Je suppose qu'elles vous prennent pour un pigeon bon à plumer, dit Collington en riant. De toute façon, il est assez amusant de voir jusqu'où elles sont capables d'aller. Sont-elles plus faciles que la cocotte avec laquelle vous avez passé la nuit précédente ou la grisette que vous avez rencontrée l'avant-veille? Autant de questions que je me pose.

– Voyez-vous, Charles, l'ennui, c'est que vous devenez un véritable Casanova. Et vous me conseillez de me ranger! Vous avez des revenus plus que confortables, et lorsque votre père disparaîtra, vous aurez assez de fortune pour sombrer dans la débauche.

– Mon père a soixante-cinq ans et il semble disposé à vivre encore longtemps. Je n'ai pas l'intention de consacrer mon argent à l'entretien d'une famille pour le moment. Pour vous, c'est tout autre chose.

– Il ne s'agit pas de l'entretenir, mais de la supporter, dit le marquis. C'est tout différent, Charles. (Il déplaça sa chaise et se leva.) Allons, venez et pour ce soir, oublions nos soucis et prouvons que nous sommes encore capables de goûter les plaisirs que nous offrent les danseuses.

– Je crois, dit Charles en se levant, que vous ne buvez pas assez.

– Je sais, répondit le marquis, c'est peut-être parce que je commence à me faire vieux. Je n'aime pas me réveiller avec la bouche pâteuse.

– Nous sommes deux vieux compagnons décrépits d'une vieille guerre que tout le monde s'efforce d'oublier. Avant de nous rendre à l'Opéra, je propose que nous fassions une halte chez *White* afin de voir s'il y a là d'autres vétérans de l'armée de Wellington qui se sentent un peu de vague à l'âme.

– C'est une bonne idée, Charles, dit le marquis en se levant.

Dans l'entrée se trouvaient quatre valets et un serviteur qui attendaient les ordres de leur maître.

L'un d'eux lui tendit son chapeau haut-de-forme et sa cape.

Dehors, dans Berkeley Square, une voiture attendait. Un valet s'empressa pour ouvrir la porte.

Un tapis rouge était déroulé sur le trottoir et, comme le marquis s'y engageait, il se rappela soudain qu'il avait oublié de donner des ordres à son valet de chambre pour le lendemain. Il revint donc sur ses pas.

– Je voudrais être réveillé à 7...,

A ce moment précis, un bruit fracassant se produisit derrière lui. Une énorme pierre était tombée du haut de la façade, produisant un épais nuage de poussière, à l'endroit exact où Fabius se trouvait un instant auparavant. Il reçut quelques éclats aux jambes et son habit de soirée fut maculé de taches blanches.

– Que diable est-ce là? s'exclama Collington.

Les serviteurs s'étaient retirés précipitamment et le valet de chambre demanda d'une voix tremblante :

– Monsieur le marquis est-il blessé?

– Non, pas du tout, répondit-il avec calme, mais il est probable que si je n'étais pas retourné vers vous, je serais mort à l'heure qu'il est.

– Vraiment Votre Seigneurie a eu de la chance!

– Cette pierre devait être descellée et le vent l'aura poussée, suggéra Collington.

– Je ne comprends pas, répondit le valet. Sur les ordres de Votre Seigneurie, le toit et la corniche ont été inspectés il y a moins d'un mois. S'il y avait eu quelque chose d'anormal, les ouvriers nous l'auraient signalé.

– Sans aucun doute, répondit le marquis.

Le bruit avait effrayé les chevaux que le cocher s'efforçait de maîtriser.

Le valet de pied qui était sur le point d'ouvrir la portière regardait les débris avec stupeur.

Charles Collington s'avança vers le marquis.

– Cette pierre aurait pu vous tuer, Fabius.

– C'est justement ce que je pensais, dit le marquis.

Après qu'un valet eut brossé son habit, il enjamba les débris et se dirigea vers la voiture. Il s'y installa confortablement, les pieds sur le siège opposé.

– On peut dire que vous l'avez échappé belle, insista Collington, comme la voiture démarrait.

Le marquis ne répondit pas. Il semblait absorbé dans ses pensées.

Son cabriolet, du dernier modèle, était confortable et conçu pour la vitesse. Les deux chevaux étaient du meilleur sang, comme tous ceux que le marquis possédait.

La distance jusqu'au *White Club* de Saint James n'était pas longue et quelques instants plus tard les deux amis pénétraient dans le bâtiment par la porte voisine de la fameuse « fenêtre de Brummel ».

Cette fenêtre avait été convertie par le Beau Brummel en Saint des Saints et elle était devenue le centre d'attraction des hommes du monde. N'importe quel membre du Club aurait préféré un fauteuil réservé près de la fenêtre sacrée à un siège à la Chambre des Lords.

L'année précédente, le beau Brummel s'était engagé dans une querelle stupide et ruineuse avec son maître et ami, le prince régent.

Cela n'avait pas affecté sa réputation, car le régent avait un nombre incalculable d'ennemis. Au contraire, le fait que l'accès de Carlton House lui fût interdit avait plutôt servi la réputation du beau gentilhomme.

Mais il se trouvait dans une grande détresse financière, et un beau jour de 1816, il fut obligé de quitter Londres et de se réfugier à Calais sans un sou.

Il était donc impossible de pénétrer chez *White* sans avoir une pensée pour ce prince de l'élégance.

Un grand nombre de ceux qui l'avaient connu fréquentaient encore le club et il semblait que son fantôme fût toujours présent.

Parmi cette assemblée, on remarquait lord Alvanley, le prince Esterhazy et lord Worcester qui écoutaient un discours assez solennel de sir Algernon Gibbon.

Quand celui-ci aperçut le marquis, son visage s'éclaira.

– Venez à mon secours, Ruckley, dit-il. J'ai un différend avec ces messieurs et je suis certain que vous serez de mon avis.

– Comment en êtes-vous si sûr? demanda le marquis en s'approchant du groupe qui s'était formé près de la cheminée.

Sir Algernon Gibbon, chacun le savait, tentait de remplacer Brummel en s'imposant comme arbitre de la mode et du savoir-vivre.

En vérité, il était bien placé pour cette succession, car il avait un goût parfait en matière de vêtements et de mobilier. De plus, depuis la chute vertigineuse de Brummel, il était devenu le confident et l'ami du Régent.

Cependant, il lui manquait la vivacité et l'assurance qui faisaient de Brummel un personnage exceptionnel.

Il avait tendance à pontifier et bien qu'il fût

compétent en toutes choses, ses amis se gaussaient souvent de lui et contestaient volontiers ses déclarations.

– Je dis, continua-t-il en s'adressant au marquis, qu'il est impossible pour quiconque n'est pas bien né de dissimuler complètement ses origines.

– Et moi je dis, intervint lord Alvanley, que pour une femme bien élevée et instruite mais d'origine modeste, il est facile de passer pour une dame de qualité.

– Je ne serai jamais dupe d'une pareille dissimulation, dit Algernon qui s'entêtait.

– Tout cela a commencé, expliqua lord Worcester au marquis, parce que le prince Esterhazy s'interroge sur l'identité d'une jolie Française qui prétend être une aristocrate en exil. Elle possède un arbre généalogique – qu'elle montre avec orgueil à tous les hommes qui lui font la cour – à faire pâlir de jalousie l'empereur Charlemagne lui-même.

– Tout cela est une énorme supercherie! s'exclama le prince Esterhazy.

– C'est évident, approuva Algernon. N'importe qui possédant un soupçon de bon sens est capable de distinguer le clinquant de l'or, le faux du vrai.

– Qu'en pensez-vous, Ruckley? demanda lord Alvanley.

– Je suis de votre avis, répondit le marquis. Si la dame en question est assez rusée, elle pourra aisément convaincre le premier venu qu'elle est bien celle qu'elle prétend être. Seule compte la façon dont elle s'y prendra.

– Bien. Mais moi je peux vous affirmer, reprit sir Algernon, qu'aucun homme ou aucune femme ne saurait me tromper. Mon nez est assez fin pour repérer un parvenu à plusieurs kilomètres.

– Accepteriez-vous de tenir un pari à ce sujet? demanda lord Alvanley.

– Avec joie, répondit sir Algernon.

– Pourquoi pas? dit alors lord Worcester. Nous allons tous nous liguer pour mystifier Gibbon et le faire mentir. Il devient un peu trop suffisant ce me semble!

Tout le monde rit et sir Algernon prit cette remarque avec humour.

– Très bien, dit-il. J'accepte vos paris, et je vous propose un enjeu qui en vaut la peine : je suis prêt à parier mille guinées contre cent que vous ne trouverez aucun homme ou aucune femme capable de me faire croire qu'il a du sang bleu dans les veines s'il n'en est rien.

On entendit des rires étouffés.

– Très bien, Gibbon! s'exclama lord Worcester. J'apprécie qu'un homme soit prêt à risquer une grosse somme.

– Je ne serais pas étonné qu'il soit déjà certain de gagner, dit tout bas Collington au marquis.

Gibbon était un esprit subtil et ses avis faisaient autorité. Il était fort riche. Sa fortune lui venait de sa mère, elle-même riche héritière, et son arbre généalogique, qui remontait à l'avènement des Tudor, comportait de nombreux mariages entre membres d'une même famille.

La généalogie était un des sujets favoris de sir Algernon; il démolissait souvent les thèses que le Collège d'Héraldique avait échafaudées au prix de patientes recherches.

Sir Algernon demanda qu'on lui apportât le grand livre des paris.

Ce livre, élégamment relié en cuir, ne remontait qu'à 1743, car le précédent avait été détruit dans un incendie quelques années auparavant. C'était un étonnant document sur les hommes qui avaient fréquenté le Club.

Les paris y étaient consignés d'une écriture fort irrégulière; sans doute avaient-ils été engagés à l'issue de dîners plantureux.

– Maintenant, lesquels d'entre vous oseront tenir le pari? demanda sir Algernon.

Il s'assit à une table et commença à inscrire les noms. Finalement, ils étaient cinq : le prince Esterhazy, lord Alvanley, lord Worcester, le capitaine Collington et le marquis.

– Vous avez un an à partir d'aujourd'hui pour me prouver le contraire de ce que j'affirme, dit sir Algernon. Si vous n'avez pas eu la chance de gagner d'ici là les mille guinées que j'engage, alors je vous offrirai le meilleur dîner que le Club puisse nous proposer.

– Ne vous tourmentez pas, dit le prince. Bien avant cette date, j'aurai empoché votre or.

– Ne soyez pas si sûr de vous, répliqua lord Alvanley. C'est moi qui gagnerai d'ici peu, car j'ai besoin de cet argent et je ne peux attendre.

– Peut-être aurez-vous plus de chance au jeu dès ce soir et dans ce cas, il n'y aura rien d'urgent, lui répondit le prince.

En effet, tout le monde savait que les extravagances de lord Alvanley l'avaient conduit à la ruine. Ses dettes dépassaient cinquante mille livres. Cependant, l'entrain et la bonne humeur ne lui avaient jamais manqué et ses ennuis ne l'empêchaient pas d'avoir une tarte aux abricots frais sur sa table tout au long de l'année.

Lord Worcester, fils et héritier du duc de Beaufort, avait récemment dépensé une somme considérable qu'il ne possédait pas dans l'achat d'une paire de chevaux gris qu'il conduisait avec panache et qui suscitaient l'admiration de tous.

Sa liaison avec la célèbre courtisane Hariette Wilson, alors qu'il était encore mineur, avait obligé le duc, son père, à verser à la belle une pension de cinq cents livres par an pour le reste de ses jours.

Puis, pour la faire taire, le duc lui proposa une somme énorme; mais Hariette publia ses Mémoires, une chronique scandaleuse qui bouleversa la société londonienne et porta atteinte à la réputation de la famille.

Le prince Esterhazy, pour sa part, était ambassadeur d'Autriche et possédait une immense fortune. Dans les cérémonies officielles il portait des bijoux qui valaient jusqu'à quatre-vingt mille livres.

Tous ces messieurs plaisantaient entre eux tandis que sir Algernon achevait de noter les conditions et la date du pari. Quand il eut fini, il posa le grand livre sur une table voisine. Charles Collington le prit et, s'adressant au marquis :

– Vous savez, dit-il, ceux qui parcourront ce livre penseront que la plupart des membres du *White* étaient à demi fous. Regardez ceci par exemple.

Il indiqua une page où il était écrit : « Lord Lincoln parie avec lord Winchelsea cent guinées contre cinquante que la duchesse douairière de Marlborough ne survivra pas à la duchesse douairière de Cleveland. »

– Je me souviens avoir déjà lu cela, dit le marquis. Mais c'est toutefois moins absurde que lorsque lord Eglington a parié qu'il trouverait un homme capable de tuer vingt bécassines en trois coups de fusil.

– Où avez-vous lu cela? demanda Collington en éclatant de rire.

– Dans le livre! Il y a quelque temps, j'ai passé une soirée à le lire en entier et j'en suis arrivé à la conclusion que la majorité des paris avaient été tenus soit par des fous, soit par des ivrognes.

– Que pensez-vous de ceci? s'exclama Collington. Mr Brummel parie contre Mr Methrin deux cents guinées contre vingt que Bonaparte atteindra Paris le 12 septembre 1812.

– Au moins, cette fois-là, il a gagné, fit remarquer le marquis.

– Pauvre Brummel, je voudrais tant qu'il soit avec nous aujourd'hui! dit Collington. Personne mieux que lui ne pouvait en remontrer aux autres.

– C'est vrai, admit le marquis. Bien, Charles, le temps passe. Si nous nous mettions en route pour l'Opéra?

A sa grande surprise, son ami ne répondit pas. Quelques instants plus tard, Charles Collington dit d'une voix étrange :

– Regardez cela, Fabius.

Il passa le livre au marquis et lui indiquant du doigt un passage : « Mr Jethro Ruck parie contre sir James Copley qu'il sera en possession d'un titre de noblesse et d'une immense fortune à la fin de l'année 1818. »

Le marquis lut lentement ces lignes et se tourna vers son ami :

– Cela vous laisse exactement huit mois, dit Charles Collington.

– Mais pensez-vous que... est-ce que vous croyez vraiment...

– Ne prenez pas cela à la légère, Fabius. C'est évident. Je vous ai dit que Jethro avait souhaité plusieurs fois votre mort et je suis certain que ce soir il fait plus que la souhaiter.

– J'ai le sentiment que vous ne vous trompez pas, dit le marquis.

– Qu'allez-vous faire? demanda Collington.

Le marquis haussa les épaules.

– Que puis-je faire? Je peux difficilement accuser Jethro de jeter sur moi des projectiles capables de me tuer si je n'en ai pas la preuve formelle.

– Mais enfin, Fabius, vous ne pouvez pas rester inactif. Il finira par vous tuer!

– Cela ressemble à un défi.

– Je vous en prie, ne prenez pas cela à la légère, supplia Charles Collington. J'ai toujours haï votre cousin, vous le savez. J'ai eu maintes fois la preuve qu'il était un dangereux gredin et cela ne me surprendrait pas qu'il veuille attenter à vos jours. Je ne supporterais pas qu'il y parvienne.

– Je dois dire que l'idée ne m'enchante pas non plus, répondit le marquis sans se départir de son humour.

– Alors, faites quelque chose! s'exclama Collington au bord de la colère.

– Que me conseillez-vous?

– Il doit y avoir un moyen.

– Il y en a un, dit le marquis d'un air évasif. Mais, malgré la curiosité de son ami, il ne lui révéla pas son plan.

L'après-midi suivante, lady Walden, dans sa maison de Saint Albans, eut la surprise de voir un visiteur se présenter.

– Fabius! s'exclama-t-elle avec joie, lorsque le valet annonça le marquis. Je ne pensais pas que vous reviendriez à la campagne avant la fin de la saison.

– Je voulais vous voir, déclara-t-il.

– Je suis très flattée, dit lady Walden en souriant,

mais il se trouve que je dois quitter Saint Albans dès demain : je ne veux pas manquer le bal de la duchesse de Devonshire mercredi prochain à Londres.

– J'étais à peu près sûr que vous y étiez invitée, dit Fabius.

– Et cependant vous avez fait tout ce chemin pour me voir dès aujourd'hui. J'en suis très heureuse, Fabius.

Malgré son apparente sérénité, elle ne pouvait dissimuler sa surprise et ses yeux bleus scrutaient le visage du marquis pour tenter d'y découvrir un signe susceptible de la renseigner sur le motif de sa visite.

Eurydice Walden était depuis plusieurs années l'une des femmes dont on parlait le plus à Londres. Elle était belle, de ces femmes qui inspirent la mode. Ses cheveux étaient d'un blond doré, ses yeux d'un bleu très vif, et sa tournure exquise ne laissait pas les hommes indifférents.

A l'âge de dix-sept ans, elle avait épousé un homme fort séduisant et immensément riche, sir Beaugrave Walden. Le malheureux avait été tué à la fin de la guerre, laissant à sa veuve une fortune suffisante pour la consoler. En outre, celle-ci avait hérité quelques mois plus tard de la fortune et des terres de son père qui étaient voisines de celles du marquis.

Eurydice et Fabius se connaissaient depuis leur enfance et il avait toujours été convenu entre leurs pères respectifs qu'un jour ils se marieraient et que leurs terres seraient réunies.

Mais Eurydice s'était mariée alors que le marquis venait de rejoindre son régiment au Portugal, et bien que son père déplorât cette union, Fabius n'en avait conçu aucun chagrin.

Pour le moment, installé sur un confortable canapé au milieu du salon, le marquis regardait Eurydice avec une telle insistance que la jeune femme en fut troublée.

– Que se passe-t-il, Fabius? Vous semblez préoccupé.

Elle se félicitait de porter sa plus belle robe de mousseline, car bien qu'elle n'eût pas l'intention de faire la conquête de son ami d'enfance, elle n'ignorait pas qu'il était la coqueluche des salons les plus courus.

Subjuguer son cœur serait pour elle une performance sans précédent, qui susciterait l'envie de ses rivales.

– Je veux vous parler, Eurydice.

– Vous me l'avez déjà dit!

– Je sais, mais comment... vous exposer les raisons de ma visite?

– Cette réserve ne vous ressemble guère! plaisanta Eurydice.

– Je suis venu vous dire, continua le marquis avec sérieux... Je pense que nous devrions réaliser ce qui avait toujours été le souhait de votre père et du mien.

– De quoi s'agit-il? demanda Eurydice.

Son ingénuité paraissait authentique et elle ne s'attendait pas à entendre ce que le marquis lui déclara du bout des lèvres :

– Je crois que nous devrions nous marier.

– Parlez-vous sérieusement? demanda Eurydice.

– Très sérieusement. Vous savez aussi bien que moi que ce fut la volonté exprimée par nos pères dès le jour de notre naissance. Ils étaient grands amis et rêvaient à la réunion de leurs terres par le mariage de leurs enfants.

– Mais, il y a bien longtemps de cela, objecta Eurydice. Tous deux sont morts aujourd'hui.

– Mais nous, nous sommes vivants, et je dois dire que leur projet était des plus sensés.

– Sensé peut-être, mais pas très romanesque.

– Je suis navré, je crois m'être mal exprimé, dit Fabius avec son sourire le plus envoûtant. Je suis très épris de vous, Eurydice, et il en a toujours été ainsi.

– Vous mentez! explosa-t-elle. Vous me détestiez quand nous étions enfants.

– Vous vous trompez, Eurydice. Comment avez-vous pu croire cela?

– Vous avez toujours dit que les filles étaient stupides et malfaisantes. Quand nous jouions, vous me tiriez les cheveux et un jour où j'avais perdu votre balle de cricket, vous m'avez même battue.

– Mon Dieu, Eurydice, comment pouvez-vous me reprocher ces faits insignifiants?

– Pourquoi pas? En grandissant, vous n'avez pas montré plus d'affection pour moi.

– L'occasion m'en a-t-elle été donnée? demanda le marquis. Vous vous êtes mariée pendant que je servais au Portugal.

– Vous ne paraissiez pas très contrarié par ce mariage lorsque nous nous sommes revus.

– Je ne vous ai vue qu'une seule fois après votre mariage avec Beaugrave. D'ailleurs, celui que vous aviez choisi était un de mes amis. Vous ne vous attendiez pas, je pense, à ce que je vous fasse la cour sous son nez?

– Vous n'en avez jamais eu l'intention, que je sache. Alors pourquoi avez-vous subitement envie de m'épouser?

– Tout d'abord, il est temps que je prenne femme.

Ensuite, je crois que vous serez pour moi une épouse parfaite. Il faut que vous abandonniez cette existence mondaine qui ne vous sied pas et qui fait jaser.

– Je voudrais bien savoir qui ose me calomnier.

– Allons donc! s'exclama le marquis avec un soupçon de malice dans la voix. Vous volez d'un scandale à l'autre depuis que vous êtes veuve. Prétendez-vous ignorer que le Tout-Londres parle maintenant de votre aventure avec Severn?

Il y eut un instant de silence. Puis, Eurydice, baissant les yeux, confia :

– On n'a pas tout à fait tort.

– Dieu du Ciel! s'exclama le marquis, voulez-vous dire que le duc s'est rendu à vos assauts?

– Je ne répondrai pas à cette question, dit Eurydice en rougissant.

– Alors, il n'a pas capitulé? insista le marquis.

– Vous n'avez pas de droit de me harceler ainsi.

Le marquis se leva.

– Je vois clair maintenant. Vous êtes venue vous réfugier ici en pleine saison, avec l'espoir que le duc vous suivrait. Alors, l'a-t-il fait?

– Je vous ai déjà dit, Fabius, que tout cela ne vous regarde pas, s'écria-t-elle. Allez-vous-en et laissez-moi seule!

– Je suis venu vous demander de devenir mon épouse. Vous ne m'avez toujours pas répondu.

– Il me faut le temps de réfléchir.

– En d'autres termes, vous attendez de voir si Severn vous fait une offre plus alléchante. Dans ce cas, vous l'accepterez. Sinon, ce bon Fabius sera quand même une belle prise.

– Il y a au moins trois douzaines d'hommes qui veulent m'épouser, dit-elle avec agressivité.

– J'en suis certain, mais je doute que vous acceptiez. Les propositions de ces faiseurs de rimes qui écrivent des odes à vos lèvres sur du papier parfumé et les déposent tous les matins à votre porte doivent vous sembler bien légères. Je doute que la plupart d'entre eux puissent offrir davantage.

Il y avait tant de sarcasme dans sa voix que soudain, Eurydice, excédée, se leva et tapa du pied :

– Comment osez-vous me parler ainsi, Fabius? s'écria-t-elle. Vous avez toujours été odieux avec moi et je vous déteste. M'entendez-vous? Je vous déteste.

– Néanmoins, vous finirez par m'épouser, fit remarquer Fabius en souriant.

– Certainement pas. Je n'ai pas l'intention de me remarier, à moins que...

Elle s'interrompit un instant.

– A moins que vous ne trouviez l'homme qui vous donnera dans la société la place que vous avez toujours désiré y occuper. Vous êtes fort riche Eurydice, nous le savons tous les deux, mais vous voulez par-dessus tout briller. Vous n'avez qu'une ambition : tenir un rang prestigieux.

Elle ne répondit pas. Le marquis, après quelques instants de silence, continua :

– Cela rétrécit le champ de vos recherches, n'est-ce pas? En fait, comme je l'ai déjà dit, cela laisse Severn en tête, et moi-même en seconde position. Je ne vois personne d'autre en piste.

– Je n'ai rien à répondre à vos stupides élucubrations! s'exclama Eurydice, tremblante de colère.

– Enfin, réfléchissez. Je voudrais avoir rapidement votre réponse : pour être plus précis, dans deux ou trois jours. Je suis assez pressé.

– Que voulez-vous dire? demanda Eurydice. Pourquoi cette hâte soudaine?

Elle sembla réfléchir un instant, puis s'exclama :

– J'ai compris pourquoi vous désirez tant vous marier. Je ne suis pas aussi idiote que vous le pensez. C'est à cause de Jethro, n'est-ce pas, Fabius?

– A mon tour de ne pas répondre à vos questions.

– Mais je vais y répondre pour vous, mon ami, ne vous tourmentez pas, dit-elle. Tout le monde sait que Jethro n'attend qu'une chose : s'installer chez vous, à votre place. Il espérait que vous disparaîtriez au combat, comme Beaugrave, mais voyant que vous étiez revenu, il a juré publiquement un soir d'ivresse – je dois dire qu'il est souvent ivre – qu'il se débarrasserait de vous. Cela est-il vrai?

– C'est tout à fait possible, répondit le marquis sur le ton de la plus grande indifférence.

– Ainsi, tout ce que vous voulez, c'est une femme et un héritier?

– Bien. Avez-vous terminé?

– Je suppose que si je repousse votre demande, vous trouverez une autre épouse. N'importe quelle femme fera l'affaire plutôt que de voir un jour Jethro s'installer à la Chambre des Lords.

– Vous vous exprimez avec une grande éloquence, Eurydice, mais j'attends toujours votre réponse.

– Je n'ai pas l'intention de vous la donner pour le moment.

– Ainsi, nous devrons attendre la proposition de Severn?

– Peut-être.

– Vous a-t-il laissé entendre que ses sentiments à votre égard étaient sérieux?

– Je ne veux pas parler de lui avec vous. Je n'ai rien d'autre à vous dire pour le moment, Fabius, si ce n'est que je songerai à votre proposition. J'en suis très flattée, comme vous pouvez le penser.

Son ton sarcastique fit sourire Fabius.

– Ce n'est pas ainsi que j'avais envisagé de reprendre contact avec vous.

– Vraiment?

– J'avais l'intention de me présenter avec un bouquet de roses noué d'un ruban bleu, bien que cela ne me plaise pas beaucoup.

– Ce n'est pas ce que disent vos nombreuses conquêtes!

– Les circonstances sont ici tout autres.

– Est-il si difficile de penser en même temps à l'amour et au mariage? demanda-t-elle.

– Ce n'est pas impossible, admit-il, mais fort difficile. Vous savez comme moi que la vie n'est pas toujours aussi romanesque qu'on le souhaiterait.

– J'ai aimé Beaugrave, je l'ai aimé de toute mon âme.

– C'était sans doute l'exception qui confirme la règle. Mais croyez-vous que votre amour, ou votre engouement, que sais-je moi, aurait duré longtemps? Je sais quel homme était Beaugrave.

Eurydice gardait le silence. Elle pensait au jeune homme dissipé qu'elle avait épousé. Ils n'étaient alors que deux enfants et leur vie de couple leur avait semblé une succession d'escapades. Puis Beaugrave Walden, toujours à la recherche de nouveaux plaisirs qu'elle ne pouvait lui donner, s'était engagé dans le régiment de cavalerie le plus à la mode et y avait trouvé la mort six mois seulement après.

– Voyez-vous, dit le marquis, comme s'il suivait le cours de ses pensées, un mariage raisonnable pourrait vous apporter la sécurité et un mari qui prendrait soin de vous et vous protégerait. Je suis prêt à tout cela, Eurydice.

– Je le crois, dit-elle, soudain sérieuse, mais n'avez-vous jamais aimé quelqu'un assez fort pour désirer l'épouser?

– Non, pas vraiment.

– Mais vous avez eu d'innombrables aventures?

– Pas autant que l'on m'en attribue, Eurydice, mais assez cependant pour savoir que l'amour est un vain mot et ne procure qu'un trouble éphémère.

– Le croyez-vous vraiment?

Elle s'éloigna de lui pour admirer le jardin sous le soleil.

Les jonquilles éclataient d'un jaune vif sur l'herbe tendre et les arbres en étaient au premier jour de leur floraison. Dans le contre-jour, la silhouette d'Eurydice était d'une délicatesse indicible et le marquis, dont les yeux s'attardaient sur les cheveux aux reflets d'or, eut soudain la certitude que celle dont il voulait faire son épouse se moquait sincèrement d'une existence de prestige.

Comme toutes les autres femmes, elle ne désirait que l'amour, un amour plus fort que la passion ou l'expression d'un simple désir, un amour qu'il était sûr de ne pouvoir lui donner.

Comme si ses pensées avaient résolu les problèmes qui la préoccupaient, Eurydice revint vers Fabius :

– Vous avez raison, Fabius, dit-elle. J'ai besoin de sécurité et j'ai l'intention d'attendre ce que le duc me dira ce soir.

– Ce soir? reprit le marquis.

– Oui, il vient dîner.

– Dans ce cas, je connaîtrai votre réponse dès demain.

– Je ne suis pas certaine de pouvoir vous répondre demain. Voyez-vous Fabius, l'obstacle majeur, c'est que je n'ai pas envie de vous épouser. Si je ne peux devenir duchesse, je veux au moins être aimée.

– Vous demandez la lune, ma chère Eurydice.

– Comme j'aimerais vous prouver que vous vous trompez! Vous êtes si sûr de vous que c'en est insupportable.

Le marquis se mit à rire :

– Je crois qu'il est temps de vous quitter, dit-il. D'ailleurs il faut vous préparer afin d'être séduisante pour ce soir.

Il y avait quelque chose de railleur dans la façon dont il prononça ces mots et Eurydice, qui ne pouvait endurer plus longtemps sa présence, s'avança vers la porte.

– Je n'essaierai pas de vous retenir, dit-elle. Laissez-moi seulement espérer qu'à votre prochaine visite, vous serez de meilleure humeur.

– Ou peut-être plus galant, dit-il moqueur. Voudriez-vous m'embrasser pour me dire au revoir?

– Il n'y a rien au monde qui me répugne davantage dit-elle brusquement. (Sans plus attendre, elle ouvrit la porte pour l'inviter à sortir.) Au revoir, Fabius. Vous m'ennuyez. Vous m'avez toujours ennuyée. Je ne peux que vous souhaiter de rencontrer un jour l'être qui vous fera souffrir toutes les tortures de l'enfer. Cela vous sera peut-être profitable!

– Votre sollicitude me comble de joie.

Il quitta la magnifique demeure d'Eurydice, prit

place dans son phaéton et décida de conduire lui-même car il désirait atteindre Ruckley au plus vite.

Il fut soudain épouvanté de la démarche qu'il venait de faire : une demande en mariage pour la première fois de sa vie, et à une personne qui le détestait! Pourtant, la veille, sa proposition lui semblait raisonnable. Il pensait qu'il ne pouvait mieux faire que de se conformer aux vœux de son père et de s'en remettre à son jugement. Maintenant son audace lui faisait peur.

La vie commune avec Eurydice serait intolérable. Celle-ci ne manquerait pas une occasion de lui faire des reproches et de l'humilier, le supplierait sans cesse de lui manifester une affection qu'il n'éprouvait pas, bref, elle ne pourrait s'habituer à son indifférence.

Le marquis connaissait bien les femmes et savait combien elles pouvaient rendre la vie insupportable à leur époux si elles n'étaient pas l'objet de toute leur considération.

Un grand nombre de ses aventures avaient pris fin parce que la ferveur de son amour ne répondait pas à celle de sa partenaire.

C'était un défaut que la gent féminine ne pouvait pardonner. Mettre son cœur aux pieds d'un homme, qu'il le piétine et ne fasse aucun cas des artifices inventés pour le séduire : voilà qui était insupportable!

« On ne peut tout de même pas être amoureux sur commande! » se dit le marquis désespéré. Comment avait-il été assez sot pour penser qu'Eurydice ne découvrirait pas qu'il ne l'aimait pas mais voulait seulement se servir d'elle?

Furieux, il fouetta les chevaux qui accélérèrent leur course. Le marquis était comme les jeunes de son temps, un excellent conducteur. Cependant, personne n'égalait son adresse à maîtriser les chevaux les plus fougueux.

L'allure devenait de plus en plus rapide. L'attelage franchit les portes du domaine de Ruckley et remonta l'allée de chênes à une vitesse vertigineuse.

Il arriva au sommet d'une petite éminence d'où l'on découvrait une vue splendide sur le château et les bois environnants.

A ce moment, le marquis aperçut une silhouette immobile au milieu du chemin, à quelques mètres à peine des chevaux grisés de vitesse : c'était une femme qui lui tournait le dos. Il n'y avait rien d'autre à faire que de diriger les chevaux vers la droite pour tenter de l'éviter.

Il tira très fort sur les rênes en criant à la femme de s'écarter. Mais, au moment où les chevaux allaient la renverser, elle se tourna légèrement vers l'équipage déchaîné.

La roue de la voiture la heurta et elle s'effondra sur le bas-côté.

Le marquis arrêta aussitôt les chevaux, se retourna et vit le corps inerte à quelques mètres derrière lui.

– Oh, mon Dieu! s'exclama-t-il. Je l'ai tuée.

2

Tandis que le valet maintenait les chevaux, le marquis mettait pied à terre pour relever la malheureuse.

Il s'approcha d'elle et remarqua qu'elle était toute jeune.

La roue de la voiture semblait l'avoir touchée sur le côté droit. Son front était maculé de sang, et sa blouse, déchirée à l'épaule, découvrait une plaie ensanglantée.

Fabius tira un mouchoir de sa poche et essuya le sang qui coulait encore. Puis il évalua la distance qu'il restait à parcourir jusqu'au château et décida d'y transporter la jeune fille pour la soigner. Il savait qu'on ne déplaçait pas sans risques un blessé, mais il ne pouvait la laisser étendue sur le bord du chemin.

Comme la victime était petite et frêle, il résolut de la transporter à pied pour lui éviter les secousses du phaéton. Il la souleva avec d'infinies précautions.

– Reconduis les chevaux, Jim, ordonna-t-il à son valet qui contemplait la scène, assis dans la voiture. Dis à la maison qu'il y a eu un accident.

– Très bien, monsieur, répondit-il. Il prit les rênes et s'engagea dans l'allée. Le marquis le suivit portant la jeune fille dans ses bras. Il la regarda avec attention et fut frappé par son étrange beauté. Ses cheveux étaient très longs et très noirs, ses yeux clos formaient deux courbes parfaites que soulignaient les cils noirs contrastant gracieusement avec l'ivoire de sa peau.

Elle ne paraissait pas anglaise et, en regardant ses vêtements, Fabius comprit : la jeune fille qu'il venait de renverser était une gitane. Il était impossible de se tromper. La jupe rouge, le gilet de velours noir lacé sur le devant, la blouse brodée sans col et sans manches, tout cela était en effet la tenue traditionnelle des gitanes.

Il avait toujours cru que ces gens n'étaient pas d'une grande propreté, et cependant la jeune fille qu'il tenait dans ses bras était extrêmement nette et un vague parfum oriental émanait de son corps.

Elle portait un collier composé de pièces d'or reliées entre elles par des petites perles de cristal rouge. Il avait entendu dire que les gitanes aimaient beaucoup les bijoux.

Il lui sembla que ces pièces d'or étaient très anciennes et venaient de pays étrangers. Mais il cessa de les examiner, se reprochant de porter plus d'attention à ces détails vestimentaires qu'à l'état de sa victime qui était peut-être gravement blessée. Elle n'était pas morte, c'était une piètre consolation. Elle avait seulement perdu connaissance et respirait faiblement. Elle était très pâle, mais après tout, cela était peut-être son teint habituel.

Le marquis gagna rapidement l'immense cour du château qu'il fallait traverser pour atteindre le perron de l'entrée principale.

Déjà, quelques serviteurs accouraient au-devant de lui. Bush, son maître d'hôtel, l'aborda le premier :

– Il paraît qu'il est arrivé un accident, monseigneur. Cette dame est-elle gravement blessée?

– Je n'en ai aucune idée, répondit le marquis avec impatience.

Comme il s'avançait vers la porte d'entrée, un autre domestique survint et s'exclama :

– Ce n'est pas une dame, monseigneur! C'est une de ces nomades.

– Quels nomades?

– Il y en a souvent dans les bois, à cette époque de l'année.

Le marquis gravit les marches rapidement. Il y

avait beaucoup de monde dans l'entrée, mais il ignora ces visiteurs et gravit le grand escalier.

Arrivé au premier, il rencontra Mrs Meedham, la femme de chambre, qui le salua respectueusement.

– Quelle chambre avez-vous préparée, demanda le marquis?

– Toutes les chambres sont prêtes, monseigneur.

Elle considéra le visage de la jeune fille et s'exclama :

– Mon Dieu, mais c'est une gitane! Une chambre à l'étage des domestiques conviendra tout à fait!

Le marquis s'engagea dans le couloir.

– Ouvrez la porte, ordonna-t-il.

Mrs Meedham parut hésiter un instant, puis elle obéit et il pénétra dans l'une des immenses chambres du premier étage.

– Mais, monsieur le marquis... protesta la femme de chambre.

– Il n'est pas question de la transporter plus loin. Cette jeune fille est peut-être en danger de mort.

Il s'avança vers le grand lit à baldaquin, mais Mrs Meedham s'interposa :

– Pas sur la couverture, monseigneur, en se précipitant vers le lit pour le découvrir.

Le marquis déposa délicatement son précieux fardeau sur les draps brodés aux armes des Ruckley.

La tête de la jeune fille se renversa sur l'oreiller, ses cheveux noirs formant un contraste saisissant avec la blancheur de la toile.

– Allez me chercher Hobley, ordonna le marquis.

– Je suis là, monseigneur.

Un homme, qui pouvait avoir cinquante ans, s'avança. Il était au château depuis fort longtemps. Son emploi officiel était celui de valet, mais il n'avait pas son pareil pour soigner les fractures.

Il avait opéré à maintes reprises le marquis qui s'en portait fort bien. Chaque fois qu'un accident se produisait parmi les membres de la famille ou les serviteurs, on faisait appel à lui. Il était bien plus efficace que le médecin local et soignait en fait toutes sortes de blessures.

Hobley s'approcha de la jeune fille, examina la blessure qu'elle avait au front et celle du bras qui saignait encore. Il remarqua que le bas de sa robe était maculé de sang et la releva légèrement pour découvrir une blessure à la cheville.

Le marquis nota que la jeune fille ne portait pas de bas et était chaussée d'escarpins rouges ornés d'une petite boucle d'argent.

– De l'eau chaude et des pansements, s'il vous plaît, demanda Hobley.

Aussitôt, les femmes de chambre qui contemplaient la scène se précipitèrent vers la porte.

– A-t-elle une fracture? demanda le marquis.

– Je ne peux encore me prononcer, répondit le valet. Est-elle passée sous la roue?

– Je ne saurais l'affirmer, tout s'est passé en quelques secondes. C'est ma faute, Hobley, j'allais beaucoup trop vite.

– Ce n'est pas souvent que vous avez un accident, monseigneur.

Hobley réfléchit un instant en examinant la blessure, puis ajouta d'une voix rassurante :

– Je ne pense pas que cela soit très grave.

– Mais elle est sans connaissance! objecta le marquis.

– Parce qu'elle est blessée à la tête, rétorqua le valet. Laissez-moi faire, monseigneur, je saurai bien dire si son état est grave ou non et vous ferai savoir s'il est nécessaire d'aller chercher un docteur.

– Merci, Hobley, dit le marquis, visiblement rassuré.

Fabius quitta la pièce. Sur le palier, il rencontra la cohorte des servantes et femmes de chambre qui apportaient l'eau chaude et les pansements.

Il descendit et, oubliant le salon où le maître d'hôtel avait sans doute préparé du vin et des rafraîchissements, il emprunta le couloir qui conduisait à la bibliothèque.

C'était l'une des pièces les plus impressionnantes de la maison. Elle avait été restaurée par son père qui y avait apporté deux ou trois mille volumes supplémentaires rassemblés par trois générations.

Un homme âgé aux cheveux blancs était assis à un bureau au centre de la pièce.

Il leva la tête avec indifférence en entendant la porte s'ouvrir, mais se leva brusquement en s'exclamant :

– Je ne vous attendais pas, monseigneur. Pourquoi ne m'a-t-on pas dit que vous veniez à Ruckley?

– C'est une surprise, répondit le marquis. J'ai décidé hier soir seulement de partir pour la campagne.

L'homme qui l'avait si chaleureusement accueilli avait été son précepteur, ami et compagnon, pendant de longues années.

Le révérend Horace Redditch était entré au service du défunt marquis comme précepteur avant que Fabius n'entrât à Eton. Il avait si bien rempli son emploi qu'il fut adopté par toute la famille et, quelque temps plus tard, il devint le chapelain particulier du marquis, son bibliothécaire et administrateur. Il était connu de tous dans la maison et dans les propriétés environnantes. On l'appelait *le révérend* et il était flatté de cette familiarité qu'il considérait comme une marque d'affection.

Lorsque le marquis était plus jeune, il l'accompagnait dans tous ses déplacements. Une fois, ils avaient passé de plaisantes vacances en Irlande, associant agréablement l'étude et la pêche au saumon.

– Je suis content de vous voir ici, monsieur, dit le marquis d'une voix affectueuse.

– Etes-vous heureux, à Londres? demanda le révérend.

– Pas vraiment, répondit le marquis d'un air blasé. Je viens d'avoir un accident. J'ai renversé une jeune fille qui semble appartenir à une tribu de gitans. Elle est en haut, Hobley est en train de la soigner.

– Une gitane? Cela au fond n'a rien de surprenant. C'est l'époque à laquelle ils nous rendent visite.

– Parlez-moi d'eux, demanda le marquis.

– C'est votre grand-mère, je crois, qui leur a donné la permission d'installer leur campement sur vos terres. Elle éprouvait de la compassion pour les gens sans domicile et je crois qu'elle portait un intérêt particulier aux gitans pour leur éternelle errance à travers le monde.

– En fait, je sais très peu de choses sur eux, dit le marquis.

– Il faut chercher leurs origines en Inde, ce qui

pourrait expliquer la couleur de leur peau et de leurs cheveux.

– Ont-ils toujours été nomades?

– Je le pense. Il existe, bien sûr, de multiples légendes sur la raison de ce mode d'existence.

– Sont-ils nombreux en Angleterre?

– Très nombreux, je crois. Mais on en trouve dans tous les pays. Si cela vous intéresse, je peux regarder si nous possédons des ouvrages les concernant.

Le marquis ne répondit pas.

– Il me semble que le garde-chasse ne les aimait pas car ils braconnent beaucoup.

– La tradition veut que sur vos terres ils ne soient ni inquiétés ni poursuivis. Je les trouve personnellement très pittoresques et j'espère que vous ne leur refuserez pas l'hospitalité dont ils jouissent à Ruckley depuis près d'un siècle.

– Je me garderai bien de les chasser. Après tout, je me sens responsable envers cette jeune fille que je viens de renverser. Croyez-vous que je devrais prendre contact avec sa tribu?

– Peut-être sa blessure n'est-elle pas aussi grave que vous le croyez. De toute façon, je suis sûr que Hobley saura lui dispenser les meilleurs soins.

– Il fera tout ce qu'il pourra, répondit le marquis, j'en suis certain.

Fabius prolongea un peu cette conversation avec son ancien précepteur, puis il le quitta pour se rendre au salon. Comme il s'y attendait, on avait préparé à son intention un plateau où étaient disposés sandwiches, gâteaux et boissons diverses.

Le marquis n'avait pas très faim et c'est à peine

s'il y toucha. Il était là depuis quelques minutes lorsque Hobley entra.

– Comment va-t-elle? demanda-t-il au vieux serviteur.

– Il n'y a pas de fracture, monseigneur, mais le coup à la tête a certainement provoqué une commotion. Je ne serais pas étonné qu'elle ait de la fièvre cette nuit.

– Ça ne vous semble pas grave? demanda-t-il encore.

– Non, monseigneur. La plaie est superficielle et quand la demoiselle reprendra ses esprits, nous verrons bien si elle a subi un traumatisme.

– Alors, il faut qu'elle reste ici jusqu'à ce qu'elle aille mieux, conclut le marquis.

– Mrs Meedham veut absolument la mettre dans une autre chambre. Elle trouve invraisemblable qu'une gitane puisse occuper l'une des plus belles chambres de la maison.

– Vraisemblable ou non, elle doit rester où elle est, coupa le marquis. C'est par ma faute qu'elle est là, on doit la traiter avec le plus grand respect. Je vous charge de faire part de ma décision à tout le personnel.

– C'est entendu, mais monseigneur n'ignore pas que tout les gens de cette maison ont peur des gitans.

– Pourquoi?

– Ils craignent le « mauvais œil », ou bien qu'on leur prenne leurs enfants.

Le marquis se mit à rire.

– Raison de plus pour être polis envers notre invitée! Elle ne semble pas être le genre de créature capable de jeter un sort.

Tout en parlant, il songeait combien elle lui avait

paru légère dans ses bras et il lui semblait que son habit était encore imprégné du parfum de ses cheveux.

– Bien. Si je ne peux être utile à autre chose, Hobley, je retourne à Londres.

– Nous avons préparé les chevaux, monseigneur. Vous pourrez partir quand vous voudrez.

– Alors amenez-les tout de suite. Ah! Hobley, j'allais oublier. Lorsque notre invitée s'en ira, veillez à ce qu'elle soit largement dédommagée pour le préjudice qu'elle a subi par ma faute.

– A combien estimez-vous la somme que je dois lui remettre, monseigneur?

– Je pense que cinq livres conviendront parfaitement. Demandez-les à Mr Graystone.

– Entendu, monseigneur. Quand reverrons-nous Votre Seigneurie?

– Je l'ignore. La saison est à son point culminant, Hobley, et j'espère que vous ne m'en voudrez pas trop si je m'attarde un peu dans ce jardin des délices?

Le marquis adressa un sourire au vieux serviteur, comme pour s'excuser.

– Dites-moi ce qui ne va pas, maître Fabius, demanda Hobley qui le connaissait bien.

– Rien de grave, Hobley, rien de précis. Simplement une discussion que j'ai eue hier soir avec mon ami, le capitaine Collington : nous en sommes arrivés à la conclusion que nous étions en train de vieillir. Certaines choses ne nous amusent plus autant qu'avant.

– Vous êtes encore assez jeune pour goûter les plaisirs de la vie et, si Votre Grâce veut connaître mon avis, qu'elle ne perde pas une minute, car les années passent vite!

– Vous exprimez des regrets, Hobley?

– Non, non, monseigneur, aucun regret, et je prie pour que vous n'en éprouviez aucun. J'ai la chance de pouvoir espérer que la vie m'apporte chaque jour du nouveau. Et pourtant, lorsqu'un événement survient, je ressens toujours la même surprise.

– Vous m'avez réconforté, Hobley.

Le marquis sortit en souriant et demanda que l'on avance son phaéton.

La semaine suivante, Fabius dut reprendre le chemin de Londres à Ruckley pour rendre une nouvelle visite à Eurydice.

Il comptait la voir au bal donné par la duchesse de Devonshire et l'avait cherchée dans toutes les réceptions auxquelles elle pouvait être invitée. Mais ses recherches étaient restées vaines et comme le duc de Severn avait lui aussi disparu, il n'était pas difficile d'imaginer qu'ils se trouvaient ensemble.

Le marquis n'avait confié à personne qu'il attendait une réponse à sa proposition de mariage, mais son ami Charles Collington avait remarqué qu'il était distrait et préoccupé, qu'il manquait d'entrain.

– Qu'est-ce qui vous tourmente, Fabius? Vous ressemblez à un ours qui aurait la migraine!

– Je vous le dirai plus tard.

– J'espère que Jethro n'a pas imaginé un nouvel attentat contre vous?

– S'il a essayé, ma seule présence vous prouve qu'il n'a toujours pas réussi!

– Je ne trouve pas qu'il y ait là matière à plaisanter, dit Collington d'un air grave.

– En effet, Charles, il n'y a pas de quoi plaisanter. J'ai fait inspecter la toiture le lendemain et l'entrepreneur m'a affirmé que la chute de cette pierre ne pouvait être accidentelle.

– C'est donc un acte délibéré, comme nous le pensions?

– J'y ai réfléchi. Quelqu'un a dû se cacher, à la faveur de la pénombre, dans le square, face à la maison. Quand je suis sorti, comme l'entrée était éclairée, il lui était facile de donner le signal à un complice qui se trouvait sur le toit.

– C'est sans doute ce qui s'est passé, dit Collington, convaincu par la démonstration de son ami. Quelle heureuse initiative vous avez eue en vous retournant pour dire un mot à Burton!

– C'est une chance, en effet, mon cher Charles.

– Pour l'amour du Ciel, maintenant, soyez prudent et circonspect.

– Comment le pourrais-je? interrogea le marquis, agacé. Si je devais me déplacer avec une escorte, ne pas bouger de chez moi, vivre avec la crainte permanente d'être empoisonné, trucidé ou battu à mort, je préférerais dire à Jethro : « Tue-moi sans plus attendre, car ma vie est un enfer. »

– Si nous avions adopté cette attitude face à Bonaparte, nous aurions probablement perdu la guerre.

Le marquis éclata de rire.

– Je ne vous comprendrai jamais, Charles. Comment pouvez-vous comparer Jethro à Napoléon? C'est lui donner beaucoup d'importance!

– Je n'ai jamais cherché à savoir si un homme qui pointait un pistolet dans ma direction était important ou non.

Cette riposte mit fin à leur discussion.

Tout en parcourant la campagne dans son phaéton, Fabius pensait maintenant qu'épouser Eurydice et en avoir un héritier pour déjouer les plans de Jethro n'était peut-être pas la solution la plus sage.

Il reconnaissait, en étant tout à fait honnête avec lui-même, qu'il ne désirait pas vraiment épouser Eurydice.

Ce mariage lui avait paru tout d'abord une bonne idée. Mais en pratique, il savait bien qu'ils ne pourraient être heureux ensemble et il y avait peu de chance qu'ils parviennent à se supporter.

Il était à peu près sûr que si Eurydice l'avait appelé auprès d'elle, c'était que Severn ne s'était pas déclaré comme elle s'y attendait, et qu'elle était donc prête à devenir marquise de Ruckley.

Cela semblait, comme il le lui avait dit, une solution pratique et raisonnable qui ferait d'eux les gens les plus riches du comté.

Mais, quand il imaginait Eurydice constamment auprès de lui, à Londres et à Ruckley, il se rendait compte du prix qu'il attachait à sa chère liberté. Néanmoins, il n'était pas question de revenir sur sa proposition. Il avait offert le mariage à Eurydice et, si elle acceptait, il ne pouvait se dérober.

Ce fut avec une terrible appréhension et dans un état voisin de la dépression que le marquis mit pied à terre devant la grande entrée de la maison.

Il fut introduit de façon cérémonieuse dans le salon où elle l'attendait.

Il se trouva en présence d'une Eurydice extrêmement séduisante. Le soleil inondait ses cheveux et il y avait sur ses lèvres et dans ses yeux un sourire radieux.

– Enfin, vous êtes là, Fabius. Je suis si heureuse de vous voir!

Le marquis lui baisa la main.

– Je suis flatté d'être l'objet d'un tel accueil, dit-il.

– Je suis navrée de vous avoir contraint à quitter Londres pour la seconde fois, mais ce que j'ai à vous dire est de la plus haute importance.

Le marquis retint son souffle et attendit que la nouvelle lui tombe sur la tête, comme la pierre poussée par Jethro.

– Nous pourrions nous asseoir, suggéra-t-elle.

Elle lui indiqua une chaise et s'assit sur le canapé.

– J'ai beaucoup de choses à vous dire, Fabius, mais je vais commencer par ce qui me semble le plus important pour vous.

Le marquis regardait son interlocutrice qui lui paraissait particulièrement sereine.

– Je dois tout d'abord vous demander, commença Eurydice, si vous accepteriez de prendre en charge mes propriétés et de les exploiter en même temps que les vôtres.

– Mais bien sûr, c'était entendu ainsi. Ce serait une perte de temps et une dépense inutile d'employer deux régisseurs différents. Il s'agit seulement de savoir lesquels de nos employés sont les plus dignes de confiance.

Eurydice sourit.

– Je crois ne pas m'être exprimée très clairement. Plus tard, je pourrai vous vendre mes terres, mais pour le moment je préférerais que vous les administriez à ma place. Vous pouvez tout aussi bien les louer, si vous voulez.

Le marquis la regarda, un peu surpris par de tels propos.

– Je ne comprends pas, dit-il.

– Je n'en suis pas étonnée, soupira Eurydice, avec une évidente satisfaction. (Elle continua :) Je quitte l'Angleterre, Fabius, et je ne veux pas laisser mes propriétés à l'abandon, cela serait trahir mon passé et mes parents.

– Vous partez? demanda Fabius. Vous voulez dire que vous avez accepté la proposition de Severn?

– Non, j'ai refusé.

Le marquis demeura interdit.

– Alors?

– Je vais me marier, dit-elle avec précipitation. Mais je n'épouserai ni le duc ni vous.

– Il y a donc un troisième prétendant. Qui est-ce?

– Quelqu'un dont vous n'avez jamais entendu parler. Il s'appelle Silas Wingdale.

– Silas Wingdale? Mais qui est Silas Wingdale?

Eurydice se mit à rire.

– Je m'attendais à votre question. Il est américain. Il vit en Virginie et je l'aime. Oui, je l'aime! Et je vais l'épouser, Fabius.

– N'êtes-vous pas en train de me mentir? demanda-t-il, étonné.

– Je n'attache aucune importance au titre de duchesse ou aux diamants de Ruckley auxquels vous donnez tant de prix. J'aime un homme, ce qui ne m'est pas arrivé depuis ma première rencontre avec ce pauvre Beaugrave. Mais, cette fois, c'est différent. Silas est plus âgé que moi et il m'aime tout autrement. Sa présence est pour moi un bonheur inégalable.

Le marquis porta la main à son front.

– Etes-vous sûre qu'il ne s'agit pas d'une plaisanterie? Etes-vous vraiment sérieuse, Eurydice?

– Je n'ai jamais été plus sérieuse. Silas et moi nous marions demain matin, presque en secret, et aussitôt après, nous prenons le bateau à Plymouth pour l'Amérique. Peut-être ne reviendrai-je jamais en Angleterre.

– Mais savez-vous au moins ce qui vous attend là-bas? Avez-vous seulement une idée de l'endroit où vous allez vivre?

– J'ai vu de nombreux dessins de la maison de Silas et elle me semble magnifique. C'est un immense manoir de style géorgien. Mais même s'il vivait dans un taudis, cela me serait égal. Nous nous aimons, Fabius. C'est le plus important. Je viens seulement de m'en apercevoir.

Une heure plus tard, abasourdi par ce qu'il venait d'entendre, Fabius conduisait ses chevaux vers Ruckley. Il ne pouvait croire qu'une personne comme Eurydice puisse brusquement abandonner tout ce qui lui paraissait jusque-là important pour partir dans un pays inconnu avec un homme qui avait à ses yeux toutes les vertus, mais qu'elle connaissait à peine. Fabius lui avait conseillé d'attendre au moins que ses amis aient pu rencontrer Silas et lui donner leurs impressions.

– Ce que vous et tous nos amis pensent de lui m'est indifférent et ne me ferait pas revenir sur ma décision.

Puis elle avait ajouté avec humeur :

– Ce n'est pas vous qui allez l'épouser, Fabius. Alors votre opinion ne m'intéresse pas!

A ce moment, elle avait tendu la main pour toucher la joue du marquis.

– S'il vous arrive un jour d'aimer quelqu'un – ce dont je doute – dit-elle avec douceur, vous comprendrez alors que rien n'ait pu me faire changer d'avis. C'est Silas que je veux et c'est lui que j'entends épouser.

Eurydice s'exprimait alors avec tant de chaleur que le marquis ne reconnaissait pas la jeune femme calculatrice et dure qu'elle était devenue après la mort de son mari. Comment avait-elle pu se transformer brusquement en une créature si féminine, dont les yeux brillaient tant lorsqu'elle prononçait le nom de l'homme qu'elle aimait?

« Que diable ne puis-je éprouver de tels sentiments! » pensa le marquis en franchissant le portail de Ruckley.

Il se mit à rire à l'idée qu'il pourrait être un jour vraiment *pincé*.

Les serviteurs furent assez surpris de son arrivée.

– Quel plaisir de vous voir, monseigneur! dit le maître d'hôtel en s'avançant vers lui.

– Où est donc Hobley? demanda le marquis.

– Je l'envoie quérir, monseigneur... mais le révérend est dans la bibliothèque.

– Je vais le voir, j'ai un mot à lui dire.

Le marquis ouvrit la porte de la pièce, mais au lieu de son précepteur qu'il s'attendait à trouver installé au grand bureau, il aperçut une frêle silhouette féminine qu'il se souvint avoir déjà vue.

Elle se retourna et le regarda. Il fut frappé par ses yeux immenses d'un vert sombre, bordés de cils très noirs.

Elle ne dit pas un mot, attendant que le marquis s'avançât vers elle. Quand il fut tout près, il lui tendit la main.

– Je suis le marquis de Ruckley et je vous dois des excuses.

Après un moment d'hésitation, elle tendit la main à son tour. Le marquis la prit et, malgré sa fraîcheur, il lui sembla qu'à la faveur de ce contact, un étrange courant passait entre eux.

– Vous vous sentez mieux? demanda Fabius.

– Je suis guérie, merci.

La voix était douce, musicale et teintée d'un léger accent étranger.

Le marquis jeta un coup d'œil à son front. La blessure était toujours rouge.

La jeune fille était vêtue de la même robe que le jour de l'accident et elle portait un pansement au bras.

– Inutile de vous dire combien je suis navré d'avoir provoqué cet accident.

– Mais c'est entièrement ma faute, répondit-elle. J'admirais votre château et j'étais tellement absorbée que je ne savais plus où j'étais.

– Je suis flatté que ma maison vous plaise. Comme on vous l'a peut-être dit, elle a été bâtie sous le règne d'Elisabeth Ire et je dois dire qu'il y a dans toute l'Angleterre très peu de maisons de l'époque Tudor capables de rivaliser avec celle-ci.

Le marquis parlait avec fierté : Ruckley était la demeure de ses ancêtres et cela comptait pour lui.

– Je n'imaginais pas que les maisons anglaises puissent être aussi belles, dit la gitane.

– Il me semble que vous n'êtes pas en Angleterre depuis longtemps.

– Pas très longtemps, en effet. C'est la première fois que je viens.

– Comment vous appelez-vous?

– Saviya.

– C'est un prénom fort peu répandu.

– Il peut vous sembler original, mais il est très commun dans ma tribu.

– Et quelle est cette tribu?

Il crut l'espace d'un instant qu'elle ne voudrait pas lui répondre.

– Nous sommes les Kalderash.

Elle vit immédiatement que ce nom ne signifiait rien pour son interlocuteur et s'empressa d'ajouter :

– Ce sont ceux qui travaillent les métaux. Ils sont aussi guérisseurs, musiciens et magiciens.

– Magiciens? s'exclama le marquis. Oh! je pense qu'ils disent la bonne aventure ou quelque chose comme cela. Il paraît qu'ils le font très bien.

Saviya lui adressa un sourire moqueur, et dit d'une voix douce :

– Je dois vous remercier, monseigneur, pour le bon accueil et les soins que j'ai reçus dans votre maison. Ce fut pour moi un séjour très enrichissant.

– Je le crois, répondit le marquis. Peut-être était-ce la première fois que vous dormiez sous un toit?

Elle lui adressa encore un sourire énigmatique qui lui donna l'impression d'avoir dit quelque chose de stupide.

– D'où venez-vous? demanda-t-il. Je veux dire, de quel pays?

Elle hésita un instant, et avant qu'elle puisse répondre le révérend entra :

– Ah, vous êtes là, monseigneur! Je vous avais entendu arriver. C'est un plaisir de vous voir ici aussi souvent. Je vois que vous avez fait connaissance avec ma nouvelle élève.

– Votre nouvelle élève?

– Saviya possède une intelligence très vive et une mémoire remarquable, dit le révérend avec enthousiasme.

Le marquis semblait étonné.

– Tout cela dans une si frêle créature?

– Vous aurez peut-être du mal à me croire, monseigneur, mais elle assimile un sujet nouveau avec une rapidité que je trouve phénoménale, ajouta le révérend, comme s'ils étaient seuls.

Saviya écoutait en silence; elle avait sur les lèvres ce sourire étrange que le marquis avait déjà remarqué.

– Je crois, dit le marquis, que je me suis fait jusqu'ici une fausse idée des aptitudes des gitans à lire ou à écrire.

– Ils ne cherchent pas à apprendre, répondit Saviya. Ils se souviennent de ce qu'ils entendent. Nous avons des conteurs qui mettent nos légendes en poèmes ou en chansons. D'ailleurs, pour les gitans qui sont toujours en déplacement, il n'est pas possible de constituer une bibliothèque.

– Cependant, à en juger par ce que je viens d'entendre, vous savez lire.

– Je suis une exception.

Puis, toujours avec le même sourire sur les lèvres, elle ajouta :

– Mais voyez-vous, je suis sorcière.

– Sorcière? répéta le marquis étonné.

– Mais naturellement! répondit-elle. Si je ne l'étais pas, je ne mériterais pas les compliments que vient de me faire le révérend.

Le marquis semblait de plus en plus intrigué.

– Il faudra que vous me donniez l'un et l'autre beaucoup plus de détails sur tout ceci, dit-il. Avant tout, je voudrais savoir d'où vient Saviya et pourquoi sa tribu est venue s'installer à Ruckley, pour la première fois, semble-t-il.

– J'ai appris, non par Saviya, mais par des gens du voisinage, répondit le révérend, que les gitans ont ainsi des endroits qu'ils fréquentent de façon cyclique. Ruckley est un de ces endroits et, comme je vous l'ai dit, monseigneur, c'est avec la permission de votre grand-mère qu'ils s'y sont installés la première fois.

– Je m'en souviens, dit le marquis. Ce qui m'intéresse, c'est de savoir pourquoi Ruckley attire non seulement les gitans d'Angleterre, mais aussi ceux de l'étranger.

– Mais tous les gitans sont des étrangers, répondit Saviya. Il n'y a pas de lieu qui nous soit propre.

– Pourquoi? demanda Fabius.

– Nous sommes condamnés à errer sur la terre, peut-être pour expier nos péchés anciens, peut-être tout simplement parce que c'est là notre bonheur.

Le marquis s'assit sur le bord du bureau.

– Pourriez-vous répondre à la question que j'ai posée il y a quelques minutes? D'où venez-vous exactement?

– D'Allemagne.

– Et avant l'Allemagne?

– De Russie et de Pologne.

– Attendez un peu. Je crois savoir que les Russes traitent leurs gitans autrement que les autres pays. Qu'en pensez-vous?

– Tous les pays, à un certain moment de leur histoire, ont persécuté les gitans, à l'exception de la Russie. Dans ce pays, nous avons un statut particulier.

– Pour quelle raison?

– Parce que les Russes apprécient nos danses et notre musique.

Le marquis regardait la mince silhouette de Saviya et pensait qu'il n'avait jamais vu jeune fille aussi gracieuse.

– Vous-même, dansez-vous? demanda-t-il.

Elle acquiesça de la tête.

– Ma mère était la fille de l'une des plus grandes danseuses gitanes de Russie. C'est elle qui m'a tout appris. Les grands-ducs et les princes se disputaient sa présence à leurs soirées, et elle a dansé plusieurs fois devant le tsar.

– N'est-ce point fascinant? s'exclama le révérend. C'est tout ce que je souhaitais apprendre sur les gitans. Je suis heureux que l'occasion m'en soit donnée aujourd'hui.

– Continuez, c'est passionnant, insista le marquis.

– Pour que vous puissiez mieux vous moquer de nous? demanda-t-elle.

– Vous savez bien que je n'en ferai rien, dit-il l'air sérieux. Cela m'intéresse, comme cela intéresse le révérend, parce que nous découvrons notre ignorance sur votre mode de vie et votre histoire.

– Les gitans préfèrent que l'on ne sache rien d'eux, répondit-elle. Il vaut mieux qu'ils restent à l'écart. Ainsi, quand ils partent, ils ne laissent aucun souvenir.

Un valet entra pour avertir le révérend que quelqu'un désirait le voir.

– Soyez aimable de ne pas partir avant mon retour, monseigneur, demanda-t-il.

– Mais je ne suis pas pressé, répondit le marquis.

Et comme la porte se refermait sur le révérend :

– Asseyez-vous et parlons un peu, dit-il en s'approchant de la fenêtre.

On avait disposé les sièges de façon à pouvoir profiter de la vue sur le jardin. Le marquis s'assit dans un fauteuil. Saviya préféra le rebord de la fenêtre, offrant au marquis son profil le plus délicat. Ce visage lui rappelait quelqu'un, mais il ne parvenait pas à préciser cette ressemblance. « Elle est très jolie », pensa-t-il.

Cependant, sa beauté n'était pas vraiment canonique. Elle était tout simplement unique et originale. L'ovale du visage, les yeux légèrement bridés, le sourire énigmatique des lèvres, un menton volontaire, tout cela était vraiment nouveau pour Fabius.

Ses cheveux dénoués, comme le jour où il l'avait vue pour la première fois, arrivaient au-dessous de la taille. Il s'aperçut qu'elle portait des boucles d'oreilles faites avec des pièces d'or semblables à celles de son collier. A chaque mouvement de sa tête, elles scintillaient aux rayons du soleil.

– Hobley vous a-t-il donné l'argent, comme je le lui avais demandé? s'enquit brusquement le marquis.

Savyia se retourna vers lui.

– Je ne veux pas de votre argent.

Le marquis mesura son erreur et se rendit compte que les bijoux qu'elle portait valaient cent fois les cinq livres offertes en dédommagement. « Comment des bohémiens peuvent-ils posséder de tels bijoux? » se demanda Fabius.

– Parlez-moi de votre tribu, les Kalderash, dit-il pour changer de sujet.

– Je vous ai dit que leur principale occupation était le travail des métaux, dit-elle vivement.

– Et quels sont les métaux que vous utilisez?

– Le cuivre, l'argent ou l'or, tout dépend de ce que l'on veut faire.

– De l'or, dites-vous?

– Les nobles hongrois boivent leur vin dans des gobelets et mangent dans des assiettes que les Kalderash fabriquent et décorent de motifs originaux.

– Aimez-vous la Hongrie? Les Hongrois ne vous donnent-ils pas un nom spécial?

– En Hongrie et en Allemagne, nos chefs sont connus sous le nom de *ducs de la petite Egypte.*

– C'est un titre important. Est-ce qu'il vous plaît?

– Quelquefois nous sommes *rois,* ou bien *tziganes* ou encore *bohémiens.* En Turquie, nous sommes les *Tchinghanie* et les Perses nous appellent les *Karaki.* Cela n'a pas d'importance, ce qui compte, c'est que nous soyons toujours les *gitans.*

– Mais vous êtes mieux accueillis dans certains pays que dans d'autres.

– Le roi Sigismond de Hongrie a fait publier des édits assurant la protection de nos tribus. Jacques V d'Ecosse a attribué à l'un de nos protecteurs, Johnie Faur, duc de la petite Egypte, un statut juridique propre à sa tribu.

– Comment savez-vous cela? demanda le marquis.

– Notre histoire se propage de bouche à oreille. Ainsi, nous avons en Ecosse beaucoup d'amis, sans même les connaître.

– C'est extraordinaire, remarqua le marquis. J'aimerais beaucoup rencontrer les autres membres de votre tribu. Puis-je venir voir votre campement?

– Non.

Le refus était catégorique.

– Pourquoi?

– Parce que, s'ils vous voient, ils ne me permettront pas de revenir ici.

Le marquis parut surpris.

– Suis-je donc si dangereux?

– Non, mais vous ne pouvez pas comprendre. (Saviya hésita un instant, puis déclara :) Mon père, qui est le chef des Kalderash ou comme nous l'appelons le *Voïvode*, m'a permis de venir chez vous pour lire vos livres parce que vous étiez absent. S'il sait que vous êtes de retour, il n'acceptera plus.

– Mais qu'a donc votre père contre moi? demanda-t-il, agacé.

– Vous êtes un homme.

– Enfin, expliquez-vous plus clairement!

– Peut-être une autre fois, dit Saviya en se levant. Il se fait tard, je dois rentrer avant que l'on vienne me chercher.

– Où allez-vous? demanda le marquis.

– Je retourne à notre campement, dans vos bois.

– Mais je croyais que vous séjourniez ici, dans la maison?

– Je n'ai dormi ici que deux nuits, lorsque j'avais perdu connaissance. Mais comme Mr Hobley continuait à me donner des soins, j'ai eu la permission de revenir dans la journée. Ensuite, j'ai supplié mon père de me laisser lire certains livres de votre bibliothèque et il m'a donné son accord. C'est la seule raison de ma présence ici.

– Mais vous viendrez demain? demanda le marquis.

– Je pense que mon père m'y autorisera.

– Alors, ne lui dites pas que je suis là.

Ses longs cils se soulevèrent et Saviya lança au marquis un regard vif.

– Venez demain, je vous en supplie, répéta-t-il. Vous avez tant de choses à m'apprendre! Par exemple pourquoi et comment vous êtes sorcière et quels sont les sorts que vous jetez.

Saviya sourit mais ne répondit pas. Elle s'éloigna et traversa la pièce avec une étrange légèreté. Comme elle atteignait la porte, elle se retourna.

– Viendrez-vous demain? s'enquit de nouveau Fabius.

– Si je le peux, répondit-elle.

Puis elle sortit.

Le marquis resta un long moment à fixer la porte qui s'était refermée sur elle.

– Une sorcière? dit-il à haute voix. C'est bien l'être que je m'attendais le moins à rencontrer!

3

Le marquis se leva tôt le jour suivant, se rappelant qu'il devait aller chez Eurydice pour fixer les modalités de leur association foncière.

Comme Hobley l'aidait à enfiler son costume, il lui dit :

– Vous avez fait des prodiges pour guérir notre gitane, Hobley.

– La blessure s'est vite cicatrisée, monseigneur. Cette fille semble avoir une excellente santé. De plus, elle s'est montrée une malade patiente et docile.

– Les membres du personnel l'ont-ils acceptée

maintenant ou la croient-ils toujours prête à leur jeter un sort?

– Non, monseigneur, tout est rentré dans l'ordre. Même Mrs Meedham dit grand bien de votre protégée.

Le marquis, secrètement, se réjouit qu'on ne la désignât plus sous l'appellation péjorative de « celle de la tribu » et qu'on la traitât avec déférence, comme si elle était une riche invitée.

Ses serviteurs étaient très pointilleux sur la hiérarchie sociale. Que le maître commît la maladresse de préférer l'un d'eux à tel autre et c'était aussitôt la révolution dans leurs rangs.

Le fait d'accepter Saviya prouvait un changement radical dans leur attitude.

Il n'exprima pas ses pensées devant Hobley, mais se contenta de dire :

– Le révérend semble avoir une très haute opinion de son intelligence.

– Le révérend est un juge avisé dans ce domaine, répondit Hobley.

Le marquis se mit en route pour la maison d'Eurydice et, chemin faisant, il se prit à penser à Saviya.

Les arbres couvraient un nombre incalculable d'hectares dans cette partie du Hertfordshire; les gitans pouvaient aisément s'y réfugier et y vivre complètement isolés du monde.

Il avait une vague idée de l'endroit où se trouvait la tribu de Saviya et songeait qu'un jour il pourrait les surprendre.

Hélas! si Saviya disait vrai, la visite du marquis au camp mettrait définitivement fin à leurs rencontres à Ruckley. Cette idée lui était insupportable.

« Mais me dit-elle la vérité? » pensa Fabius. Il

avait toujours cru que les gitans étaient libres et indépendants et que leurs femmes étaient volages. « S'il en est ainsi, leur conduite n'est pas plus répréhensible que celle de nos duchesses et comtesses. »

Que de critiques méritait l'aristocratie! Le marquis se mit à y réfléchir. La nouvelle société qui s'était regroupée autour de Carlton House depuis le début du siècle offrait le spectacle de la plus grande débauche. Toute la ville de Londres, d'ailleurs, semblait baigner dans ce climat et il fallait être aveugle pour ne pas remarquer les filles outrageusement maquillées qui peuplaient les rues à la tombée de la nuit.

Certaines d'entre elles étaient encore des enfants et les mauvais lieux où l'on apprenait à voler aux garçonnets devenaient de plus en plus nombreux.

Il y avait tant de délits à dénoncer, que le marquis se demanda s'il ne devait pas engager un débat sur ce sujet à la Chambre des Lords.

Mais il se ravisa en songeant avec un sourire que son comportement n'était pas irréprochable et qu'il ne pouvait décemment s'ériger en champion de la morale. Il revoyait les visages des nombreuses belles dont il avait reçu les avances et dont les yeux enflammés semblaient lui dire qu'il n'était pas leur premier amant et ne serait pas le dernier.

Ses pensées retournèrent alors vers Saviya, l'être le plus pur qu'il ait sans doute jamais rencontré.

Pourtant, avant d'atteindre l'Angleterre, elle avait traversé de nombreux pays. Comment sa beauté sauvage n'eût-elle pas éveillé les appétits de quelque galant.

Et les hommes de sa tribu? N'avaient-ils pas

d'yeux et le sang qui coulait dans leurs veines n'était-il pas ardent?

Le marquis arriva à une clairière, et se trouva devant la maison d'Eurydice.

Aussitôt ses réflexions sur Saviya et les autres femmes qu'il avait pu connaître s'évanouirent. Il pensa aux nouveaux problèmes et à la somme considérable de travail qui l'attendaient.

Il ne se trompait pas.

Il pénétra dans la maison à l'heure du déjeuner et comprit immédiatement qu'il ne pourrait pas regagner Londres avant la fin de la semaine.

En fait, il était victime du désordre dans lequel Eurydice avait laissé ses affaires. Les instructions de celle-ci étaient très claires. Toute l'administration et les charges de la propriété étaient reportées sur Ruckley.

« Tout autre que moi, pensa le marquis, pourrait ressentir de l'amertume à être chargé de tels problèmes sans en avoir été prévenu longtemps à l'avance. »

Mais la décision d'Eurydice ne pouvait qu'arranger ses propres affaires. Son père avait toujours souhaité acquérir les terres environnantes et les ajouter à celles de Ruckley. Maintenant, un peu tard et contre toute attente, ce vieux rêve se réalisait.

Le marquis posa quelques questions à l'intendant de la ferme, et au notaire qui attendait avec une liasse de papiers à signer.

En rentrant chez lui, il se dit qu'il devait apporter à cette nouvelle gestion une attention particulière afin de réduire le déficit qu'il avait constaté. Il se demandait à qui confier ces tâches et comment répartir l'administration des deux nouvelles propriétés quand il arriva chez lui.

Le marquis arriva un quart d'heure avant le repas. Il tendit son chapeau à un valet et se dirigea immédiatement vers la bibliothèque.

Comme il l'espérait, le révérend et Saviya s'y trouvaient déjà. Le marquis arriva au milieu de la pièce avant même qu'ils aient remarqué sa présence, tant ils semblaient absorbés par leur lecture.

Ils se retournèrent enfin et manifestèrent leur joie de le revoir.

– Ah! Vous êtes là enfin, monseigneur! s'exclama le révérend. Vous êtes parti trop tôt ce matin pour que je puisse vous parler de ma découverte.

– Bonjour, mon révérend, dit-il, et bonjour aussi à vous, Saviya.

Elle lui sourit et il la trouva plus séduisante que jamais. Ses cheveux très noirs, son teint mat, ses gestes gracieux et souples lui conféraient un charme exquis.

– Bonjour, monseigneur, dit-elle. (Puis, comme un enfant qui a quelque chose d'intéressant à raconter, elle ajouta :) Le révérend a découvert un livre qui, il en est sûr, vous fera plaisir.

– De quoi s'agit-il?

– C'est une œuvre sur les gitans, écrite par un certain John Howland, répondit le révérend en montrant le volume au marquis. J'ignorais qu'elle était dans la bibliothèque, mais elle a été publiée voici seulement deux ans, en 1816. Elle contient tout ce que vous désirez savoir sur les origines de ce peuple.

Le marquis prit le livre.

– Je suppose que c'est mon père qui l'a acheté.

– Certainement, car votre père est mort l'année même où il aurait dû être répertorié, répondit le révérend. C'est pour cette raison que je ne le trouvais pas dans le catalogue.

Le marquis ouvrit le livre, tourna quelques pages et remarqua :

– Je vois que cet ouvrage contient une liste comparée des mots usuels en langues gitane et hindoustani. Beaucoup sont semblables.

– C'est exact, dit Saviya. Par exemple, un homme important tel que vous se nomme Rajah en hindoustani et Raja en roumain.

– Il faudra que j'étudie tout cela, dit le marquis. Mais pour le moment, je me sens un grand appétit et une soif inextinguible. Prendrez-vous un verre avec moi, révérend?

– Avec plaisir, monseigneur.

– J'espère, Saviya, ajouta le marquis, que vous me ferez le plaisir de déjeuner avec moi?

Elle hésita un instant, puis répondit :

– C'est entendu.

– Je pense qu'il est inutile de vous inviter, n'est-ce pas, mon révérend?

– J'ai tant de difficultés à digérer que je préfère ne prendre qu'un repas par jour.

– Je sais, je n'ai pas oublié, dit le marquis.

Ils passèrent au salon et après avoir pris un verre de madère, le révérend retourna à ses livres.

Saviya regarda les bottes bien lustrées du marquis :

– Vous venez de faire une promenade à cheval. J'ai eu l'occasion d'admirer les splendides chevaux de votre écurie.

– Je suppose que vous montez aussi?

Elle sourit et répondit :

– C'est ma plus grande passion, après la danse toutefois.

– J'espère que j'aurai un jour l'occasion de vous admirer dans ces deux disciplines.

Ils entrèrent dans la salle à manger et le marquis se demanda comment elle allait se comporter. Sans aucun doute, les gitans ignoraient tout de la façon de se tenir à la table d'un gentilhomme.

Mais le marquis était convaincu que Saviya garderait en toutes circonstances une attitude empreinte de grâce, d'élégance et de bon goût. Il remarqua cependant qu'elle attendait, pour prendre son couteau ou sa fourchette, qu'il les ait lui-même utilisés.

Tous cela était accompli avec beaucoup d'habileté. Elle ne l'imitait pas seulement dans le choix des couverts, mais aussi dans la manière de les tenir.

Au bout de quelques minutes, le marquis cessa d'observer Saviya et de guetter ses erreurs. Il était bien trop intéressé par ce qu'elle disait, pour se laisser distraire par autre chose.

Il n'eut aucun mal à la persuader de lui raconter ses voyages. Il était expert dans l'art de faire parler les femmes et d'obtenir leurs confidences.

Elle lui raconta comment les gitans traversaient l'Europe, allant d'un pays à l'autre, fuyant les persécutions de certains gouvernements, s'attardant dans les pays où la population les accueillait avec amitié et appréciait leurs créations artisanales, leur magie ou leur science en matière de chevaux.

– Mon père est grand amateur de chevaux, dit Saviya. On le consulte toujours quand il s'agit d'acheter ou de vendre.

– Votre tribu est-elle importante?

– Quand nous avons quitté la Hongrie pour la Russie, nous étions deux cents. Mais actuellement, nous ne sommes pas plus de cinquante.

– Dormez-vous sous des tentes?

– Autrefois oui, mais maintenant nous avons quelque chose de nouveau.

– De quoi s'agit-il? demanda Fabius.

– Nous avons acheté des roulottes. Elles ne sont pas encore très répandues en Angleterre. Mais sur le continent beaucoup de tribus en possèdent déjà. Autrefois, les roulottes étaient le domicile des gens du cirque; les gitans les ont adoptées pour plus de confort.

Après le déjeuner, le marquis emmena Saviya faire le tour des écuries.

– De quel charme usez-vous sur un cheval sauvage et indomptable? demanda-t-il en lui montrant un étalon que les garçons d'écurie eux-mêmes redoutaient pour sa vivacité.

– C'est un secret qui appartient aux gitans, répondit-elle, et il ne peut en aucun cas être révélé à un Gorgio.

– Est-ce ainsi que l'on nous appelle? demanda Fabius.

– Celui qui n'est pas gitan est un Gorgio ou un Gadje.

– Et comment vous désignez-vous vous-même?

– Nous nous nommons les Rom, répondit-elle avec fierté.

Après avoir fait le tour des écuries, le marquis emmena la jeune fille visiter la maison, lui montrant les oubliettes dans lesquelles se cachaient les prêtres catholiques pourchassés par les soldats de la reine Elisabeth.

Ces cachettes avaient servi plus tard aux Ruckley, lorsque Cromwell, après avoir vaincu les Royalistes, en avait fait pendre un bon nombre sur la colline de Tyburn.

Tout en parcourant les couloirs de la maison, le marquis se rappelait les histoires que l'on racontait dans la famille, celles qu'il avait entendues quand il était enfant.

Il appréciait que Saviya fût attentive à tout ce qu'il disait.

Enfin, ils arrivèrent au bout de la longue galerie des portraits, et le marquis s'arrêta devant la baie vitrée qui donnait sur le jardin.

Juste au-dessous, il y avait un bassin au centre duquel se trouvait une statue de Cupidon tenant un poisson dans la main. De sa bouche jaillissait un jet d'eau qui montait très haut et retombait en pluie irisée sous les rayons du soleil.

– Vous avez beaucoup de chance, dit Saviya à voix basse.

– Vraiment?

– Vous n'y pensez pas tout le temps, mais un jour vous vous rendrez compte que cette maison est une grande partie de votre bonheur.

– Je crois que je m'en rends compte en ce moment. Etes-vous en train de me prédire l'avenir, Saviya?

– Non, non, pas vraiment, mais il y a une chose que je n'aime pas.

Le marquis remarqua que le ton de sa voix avait changé. Elle se tourna vers lui, mais il eut l'impression étrange qu'elle ne le voyait pas. Elle semblait regarder au delà de lui, ou à travers lui.

– Oui, un danger vous menace, dit-elle doucement. Il faut que vous soyez prudent, vous avez un ennemi. C'est un homme qui cherche à vous faire du mal.

– Comment savez-vous tout cela? Hobley vous a-t-il dit quelque chose?

– Je le sais parce qu'il est là, je le vois en ce moment. Il a des cheveux bruns, un long nez et son nom commence par la même lettre que le vôtre. Soyez prudent... méfiez-vous de lui.

– Comment savez-vous cela? demanda encore le marquis.

Son ton se faisait plus impatient. Saviya secouait la tête comme si elle voulait se libérer d'une emprise invisible.

Alors, elle s'agenouilla près de la fenêtre et regarda en direction du jardin. Le marquis, silencieux depuis un moment, reprit :

– Ce que vous venez de me dire est vrai, mais je n'arrive pas à comprendre comment vous pouvez connaître tous ces détails de ma vie.

– Je vous l'ai déjà dit, je suis sorcière!

– Je croyais que vous plaisantiez.

– La sorcellerie n'est pas une farce pour les Kalderash. Cela fait partie de leur vie et de leur nature.

– Tout cela est très exact, mais vous ne m'avez pas dit si mon ennemi mènera à bien son funeste projet.

Saviya, regardant toujours le jardin, continua :

– Je vous ai mis en garde contre ce danger. C'est suffisant. Un homme averti est déjà un homme armé.

– J'espère que vous dites vrai.

Elle se retourna brusquement et le fixa droit dans les yeux :

– Soyez prudent, je vous en prie, très prudent.

Leurs regards se rencontrèrent et ils demeurèrent tous deux pétrifiés.

Sans véritablement s'en rendre compte, le marquis tendit ses bras à Saviya. C'était un geste instinctif qu'il faisait souvent lorsqu'il était attiré irrésistiblement par une jolie femme. Il ne s'était même pas soucié de la réaction de la jeune fille, mais avait simplement suivi son impulsion.

Alors que ses mains la touchaient et qu'il tendait ses lèvres vers les siennes, elle se déroba d'un léger mouvement du corps.

Il s'aperçut qu'elle avait en main une lame effilée qui brillait au soleil.

Elle tenait fermement le couteau à hauteur de sa poitrine, la pointe dirigée vers le cœur du marquis.

Lentement, celui-ci baissa les bras.

– Vous êtes un Gorgio. Ne me touchez pas, c'est interdit! lança-t-elle.

– Pourquoi est-ce interdit?

– Aucune Rom ne peut se laisser approcher par un Gorgio. Si elle enfreint la règle, elle est aussitôt exclue de la tribu.

– Vous ne parlez pas sérieusement? demanda-t-il avec calme. Voyons, expliquez-vous, Saviya. Mais auparavant, rangez ce dangereux objet. Je vous promets de ne vous toucher qu'avec votre consentement.

Elle le dévisagea longuement, semblant douter de sa sincérité. Alors, aussi vite qu'il était apparu, le stylet disparut dans son fourreau et elle s'assit sur le rebord de la fenêtre.

– J'ignore tout à fait les règles de votre tribu, Saviya, aussi je vous demande pardon si je vous ai offensée.

– Si vous aviez été en présence d'une femme de votre race, auriez-vous essayé de l'embrasser? demanda-t-elle.

– Elle aurait sûrement été très déçue que je ne le fasse point, dit-il en souriant.

Mais le visage de Saviya demeurait grave.

– Si elle n'avait pas été mariée, lui auriez-vous demandé de devenir votre... épouse?

– Si elle n'avait pas été mariée, il est peu probable que nous nous soyions trouvés ensemble sans la compagnie d'un chaperon.

– Et si elle avait été mariée?

– Eh bien, je crois que la dame dont vous parlez aurait attendu de moi la preuve que je n'étais pas indifférent à son charme.

– Si elle avait été gitane, son mari l'aurait battue pour s'être conduite ainsi, dit Saviya d'un air sévère, et en France, elle aurait eu la tête rasée.

– Rasée! s'exclama le marquis.

– C'est une punition assez répandue chez nous. Une femme qui a provoqué la jalousie de son mari est tenue à l'écart pendant plusieurs mois.

– Ainsi les maris battent leurs femmes?

– Cela arrive assez rarement car les mariages gitans sont souvent heureux et durent toute une vie.

– Mais n'y a-t-il pas des couples qui s'entendent plus ou moins bien?

– Nous sommes un peuple heureux. La vie de famille est sacrée, et ceux qui rompent les liens du mariage méritent leur punition.

Saviya parlait avec conviction et, bien que le marquis sût qu'elle disait vrai, il était très étonné de ce qu'il entendait.

– Qui épouserez-vous, Saviya? demanda Fabius.

– Je ne le saurai pas avant que mon père ait fait son choix.

– Donc, le mariage est arrangé par les parents?

– Chez les Kalderash, un mariage est toujours arrangé entre les pères des futurs époux. La jeune fiancée n'a pas le droit de rendre visite ni de parler à l'homme qu'elle doit épouser, même en présence d'autres personnes.

– Cela est très étrange!

– Je pense que c'est une coutume que nous avons héritée de nos ancêtres indiens. La jeune fille porte en médaillon une pièce d'or, qui la désigne sous le nom de « Tomimi », c'est-à-dire promise.

– Qu'arrive-t-il si une gitane épouse un Gorgio?

– Elle est expulsée de la tribu.

– Pour la vie?

– Ceux qui ont fait cela sont méprisés, vraiment haïs, et personne ne leur parle. Ils deviennent « poshrats », « didikaïs » et ils n'existent plus pour nous.

– En effet, la règle est très dure. Mais l'idée d'épouser quelqu'un que vous n'avez jamais vu, que vous ne connaissez pas ou pouvez ne pas aimer ne vous fait-elle pas peur?

Saviya se détourna : le jeune homme abordait là une question délicate, un domaine secret qu'elle se refusait à envisager.

Le marquis la pressa de répondre.

– Dites-moi, Saviya, je veux savoir.

– Oui... dit-elle enfin, cela me fait un peu peur.

– Ne pensez-vous pas que l'amour est plus important que tout? L'amour est-il un sentiment inconnu chez les gitans?

– Une femme doit aimer son mari, répondit-elle.

– Et si elle n'arrive pas à l'aimer? insista le marquis. Si par exemple elle s'éprend d'un autre homme avant son mariage, cela ne peut-il avoir plus d'importance à ses yeux que les lois de sa tribu?

– Je ne sais pas, répondit Saviya. Cela ne m'est jamais arrivé.

– Et cependant, vous y avez pensé? Peut-être même avez-vous rêvé d'un homme que vous pourriez aimer, qui saurait prendre votre cœur?

Elle se tourna vers lui et lui adressa un regard d'animal traqué.

– Les lois des Kalderash sont justes et mon peuple croit en elles.

– Mais vous, vous êtes différente. Vous êtes sorcière, et de ce fait, plus sensible et plus perspicace que tous les autres.

– Pourquoi me dites-vous cela?

– Tout simplement parce que je vous trouve un être d'exception, d'une beauté surnaturelle. De plus vous avez une intelligence très vive; or, ce sont les êtres intelligents qui souffrent le plus dans notre monde.

Elle ne répondit pas, mais il s'aperçut qu'un léger frisson parcourait son corps.

– C'est la différence qui existe entre un cheval de course et un cheval de trait, continua-t-il. Vous savez aussi bien que moi que le premier est de très loin supérieur au second et bien plus fragile.

Saviya demeura silencieuse quelques instants, puis répondit :

– Il vaut mieux ne pas penser à... l'amour.

– Mais vous y pensez! Vous y pensez malgré vous. Vous obéissez à des sentiments que vous ne pouvez contrôler.

Ses propos semblaient vibrer dans l'air.

A cet instant, un bruit de pas résonna à l'autre extrémité de la galerie des portraits et une voix familière appela :

– Etes-vous là, Fabius? on m'a dit que vous étiez dans la maison.

Le marquis se retourna et reconnut la silhouette familière de Charles Collington s'avançant vers lui.

– J'ai reçu votre mot, dit le capitaine. J'ai pensé que vous ne restiez pas à la campagne sans une raison grave, aussi suis-je venu à votre secours, si c'est là le mot qui convient.

– Je vous ai seulement écrit pour annuler notre dîner de ce soir, dit Fabius.

– Quoi qu'il en soit, j'ai jugé qu'il était de mon devoir d'être avec vous, répondit Charles Collington.

Ce dernier parut surpris en voyant Saviya.

– Laissez-moi vous présenter, dit Fabius. Capitaine Charles Collington, Saviya, une charmante gitane que j'ai renversée avec mon phaéton.

– Voilà une façon originale de se faire des amis! s'exclama Collington. (Il tendit la main à Saviya :) Je suis ravi de vous rencontrer, mademoiselle Saviya.

Elle s'inclina légèrement pour le saluer.

– Je dois m'en aller maintenant, dit-elle.

– Non, je vous en prie, ne partez pas, dit Fabius. Le capitaine est mon plus cher ami et je sais que lorsque je lui parlerai de vous, il ne voudra pas me croire. Restez pour m'aider à le convaincre.

– Le marquis a bien dit que vous étiez gitane? demanda Collington à Saviya, sans dissimuler sa curiosité.

– Oui, elle est gitane, répondit pour elle le marquis, et elle m'a ouvert les yeux sur un monde dont j'ignorais tout jusqu'à ce jour.

– J'ai toujours beaucoup aimé les gitans, dit Collington. Lorsque nous combattions au Portugal, les « Ciganos », comme on les appelait là-bas, nous ont été très utiles. Ils allaient d'une armée à l'autre sans la moindre crainte. Ils n'étaient ni amis ni ennemis et par conséquent portaient des messages et espionnaient pour les deux camps.

– Maintenant que vous en parlez, Charles, je m'en souviens, mais j'avoue qu'à ce moment-là, je ne leur prêtais pas beaucoup d'attention.

– Les gitans n'ont pas besoin que l'on fasse attention à eux, dit Saviya en souriant. Leur seul désir est de rester invisibles, d'aller et venir sans être inquiétés.

– Vous n'êtes pas invisible, Dieu merci! dit Collington en posant sur Saviya un regard franchement admiratif. Maintenant, je ne suis pas étonné que notre marquis soit si peu pressé de rentrer à Londres et je lui trouve de bonnes raisons d'aimer la campagne.

– Je suppose que vous devez avoir soif, si vous êtes venu de Londres d'une seule traite. Combien de temps avez-vous mis?

– Une heure trente-cinq minutes, répondit Collington. Ce n'est pas un record, mais je ne me suis pas pressé. Je crois que mes chevaux valent les vôtres, mon cher Fabius.

– Habituellement, ce trajet me prend une heure quinze à travers bois et champs. C'est plus long par la route.

– Peu importe le temps que j'ai mis à venir ici, l'important c'est que je sois heureux d'y être, dit Collington en fixant Saviya.

Ils descendirent alors prendre un verre de vin et un valet vint avertir le marquis que le thé était servi dans le salon.

Ils choisirent quelques sandwiches, gâteaux et petits fours parmi les nombreuses douceurs que le chef avait préparées et s'installèrent pour bavarder.

Charles Collington raconta la soirée passée la veille chez une grande dame qui avait réuni des invités prestigieux. Tout à coup, il s'interrompit et dit au marquis :

– Ah! à propos, sir Algernon était invité aussi et il se gaussait car aucun de nous n'a encore tenté de gagner le pari de mille guinées.

– Mille guinées pour un pari? s'exclama Saviya, quelle somme!

– Ce n'est rien en comparaison de ce que tous ces imbéciles perdent au jeu, répondit Charles Collington. Plus de vingt mille livres ont changé de mains la nuit dernière chez *White*. Inutile de vous préciser que rien de tout cela, hélas! n'est tombé dans ma poche.

– Vous êtes pauvre? demanda Saviya avec compassion.

– Affamé! répondit Collington.

Le marquis éclata de rire :

– N'en croyez pas un mot, Saviya. Il est riche comme un prince, mais il perd la tête comme tous les jeunes gens qui fréquentent les salles de jeux de Saint James.

– Les gitans aiment le jeu, dit Saviya, mais le plus souvent, ils misent sur des coqs de combat ou des choses de ce genre.

– C'est tellement plus raisonnable, admit Collington. Quand on y réfléchit, il est stupide de hasarder de grosses sommes sur une carte. Jamais personne n'a édifié de fortune en jouant.

– C'est vrai, reconnut le marquis.

– Quoi qu'il en soit, reprit Charles Collington, j'aimerais beaucoup prouver à sir Algernon qu'il se trompe. Il est tellement sûr d'être infaillible! C'en est irritant.

Il s'interrompit un instant, puis dit à voix basse :

– Croyez-vous que Gibbon devinerait que Mlle Saviya est une gitane?

– J'avoue que cela ne m'aurait jamais traversé l'esprit si je n'avais remarqué ses vêtements.

– Eh bien, si elle était vêtue comme une dame de qualité, je suis convaincu que Gibbon ne verrait pas la différence et lui trouverait le sang bleu! s'exclama Collington.

– Vous avez là une idée extraordinaire, mon cher Charles!

– Mais de quoi parlez-vous? demanda Saviya, d'une voix inquiète.

Ils lui donnèrent plus de détails sur le pari de sir Algernon et elle se mit à rire.

– Il doit être bien sûr de ce qu'il avance pour parier une telle somme!

– Il n'en est que trop sûr, précisément, dit Collington. C'est pourquoi nous tenons absolument à démolir les remparts de suffisance dont il s'entoure. Cette affirmation est stupide, si vous voulez mon avis. Tous les humains ont le sang rouge, si vous les piquez avec une aiguille.

– Ou si vous les renversez avec un phaéton, dit le marquis en regardant la cicatrice que Saviya avait au front.

– Maintenant, soyons sérieux, Fabius. Je crois que nous avons trouvé en Saviya la personne capable de mystifier Gibbon.

– Cela pourrait réussir, mais la principale difficulté va être d'attirer Gibbon ici, afin qu'il puisse rencontrer Saviya, car je ne pense pas qu'elle obtienne l'autorisation de nous accompagner jusqu'à Londres.

– Je suis certaine que mon père refuserait, dit Saviya.

– Alors, il faudra faire venir sir Algernon à Ruckley sans éveiller ses soupçons, conclut le marquis.

– C'est un véritable problème, dit Charlés Collington après réflexion. A quoi s'intéresse-t-il le plus?

– A la chasse d'abord. Il est venu chasser plusieurs fois ici, mais la saison des faisans ou des perdrix est passée.

– Oui, évidemment. Y a-t-il autre chose?

– Ça y est, j'ai trouvé! dit le marquis.

Collington se tourna vers lui, impatient de connaître son idée.

– La passion de sir Algernon, avec son arbre généalogique, c'est la numismatique.

– Quelque chose qui m'a toujours paru sans intérêt, remarqua Charles Collington. Eh bien, où cela va-t-il nous conduire?

– Très loin, dit le marquis qui suivait son idée.

Tout en parlant, il regardait avec insistance le collier de pièces anciennes que portait Saviya.

– Dites-moi, Saviya, votre tribu possède-t-elle d'autres pièces comme celles que vous portez, et pourrions-nous les emprunter pour une journée? Je vois que celles de votre collier sont de l'époque romaine. En avez-vous d'autres?

– Un assez grand nombre, répondit-elle.

– Nous pourrions annoncer à Algernon que nous avons trouvé une demi-douzaine de ces pièces dans un champ, continua le marquis, et lui demander si nous devons poursuivre les recherches. Je suis certain qu'il se déplacerait.

– Voilà une idée magnifique! s'exclama Collington. Installez-vous, écrivez-lui cette lettre et je la rapporterai à Londres.

– J'enverrai plutôt un serviteur, car il pourrait flairer le piège si c'est vous qui la lui remettez.

– Nous devons trouver une robe pour Saviya, lui inventer un nom et un pays d'origine.

– Tout cela tient assez de la comédie de boulevard, dit le marquis en riant.

– N'oubliez pas qu'il y a mille guinées en jeu!

– N'oubliez pas que Saviya ne nous a pas encore donné son accord pour se prêter à cette mascarade, fit remarquer Fabius.

– Je pourrais tout aussi bien refuser, dit Saviya. Je suis une gitane et je doute que quelqu'un puisse jamais me prendre pour une grande dame de la société anglaise.

– Mais qui a dit que vous deviez être anglaise? demanda le marquis. Ce serait ridicule.

– Voulez-vous dire que je ne m'exprime pas comme une Anglaise?

– J'espère que vous ne serez pas déçue d'apprendre que vous avez un léger accent étranger. Il est charmant et touchant, mais il est assurément étranger.

– C'est parce que je suis en Angleterre depuis peu. Quand je passe six mois ou un an dans un pays, j'en possède parfaitement la langue.

– L'extraordinaire mémoire dont m'a parlé le révérend, dit le marquis en souriant.

– Alors, il faut qu'elle soit d'un pays étranger, reprit Collington qui continuait à dresser le plan de la supercherie dont Saviya serait l'instrument. Nous pourrions lui donner un nom prestigieux et un titre important.

– A quel pays vous plairaît-il d'appartenir, Saviya? demanda le marquis.

Elle réfléchit un moment.

– Ma mère était russe et j'ai vécu à Moscou et à Saint-Pétersbourg pendant dix ans. Je pourrais être russe.

– Vous avez raison! s'exclama Collington. Il y a dans vos yeux l'immensité des plaines et les mystères de l'âme russe. D'ailleurs, la forme de votre visage et la couleur de vos cheveux pourraient en apporter la preuve.

Le ton de Collington se faisait galant, ce qui ne manqua pas d'éveiller une pointe de jalousie chez Fabius.

– Je crois qu'il est temps que vous partiez, Saviya, dit-il. Je ne voudrais pas que votre père soit fâché que vous vous attardiez ici et qu'il vous empêche de revenir. Pensez à demander si la tribu peut vous confier les pièces romaines dont nous aurons besoin.

– Je les apporterai demain, dit Saviya.

Elle salua gracieusement le marquis et Charles Collington. Ils la regardèrent tous deux s'éloigner dans la longue galerie, jusqu'à ce qu'elle disparaisse complètement.

Charles Collington ne put retenir cette exclamation :

– Par Dieu, Fabius, vous êtes un connaisseur. Où avez-vous déniché cet oiseau de paradis?

4

Tout en s'habillant pour le dîner, le marquis pensait que jusque-là les choses ne se passaient pas trop mal.

Sir Algernon Gibbon était arrivé très tôt dans l'après-midi. Dès son arrivée, le marquis et Charles Collington l'avaient conduit sur les lieux de la découverte, un champ fraîchement labouré où ils disaient avoir mis à jour sept pièces de monnaie romaine.

Aussitôt Gibbon s'était montré très intéressé, précisant que la valeur de ces pièces ne résidait pas seulement dans leur ancienneté, mais aussi dans la valeur du métal et il conseilla vivement au marquis de continuer les fouilles pour essayer de mettre à jour le reste du trésor.

Il s'étendit longuement sur la période de l'Empire romain à laquelle ces pièces appartenaient, sur la façon dont les Romains bâtissaient leurs amphithéâtres et leurs immenses villas et précisa, en érudit, que les environs de Saint Albans comptaient de nombreux vestiges de cette époque.

Le marquis s'était montré très attentif à ce que disait Algernon. Charles Collington, lui, pensait au plan qu'ils avaient élaboré pour la soirée.

Le marquis songeait en souriant que personne ne se serait donné autant de mal que son ami, n'aurait eu à ce point le souci du détail pour gagner le pari contre Algernon.

Jamais le marquis ne s'était autant amusé que pendant la semaine qui venait de s'écouler, au cours de laquelle il avait appris à Saviya le rôle qu'elle devait tenir.

Comme il s'y attendait, elle s'était révélée une très bonne élève.

Ce qui lui faisait plaisir, c'est que Saviya paraissait plus attentive à ses conseils qu'à ceux de Collington.

Elle lui adressait de temps en temps un regard confiant, empreint d'une timidité qui ne manquait pas de l'émouvoir.

Charles Collington ne cessait de lui décerner des louanges.

– Elle est étonnante, disait-il. Personne ne croirait qu'elle vient d'une tribu de gitans, qu'elle n'est pas née dans une famille noble. Elle est la preuve vivante de ce que nous affirmons : ce n'est pas le sang bleu qui fait une dame de qualité, mais seulement l'éducation qu'elle a reçue.

– Et la sensibilité, ajouta le marquis.

– Bien sûr, Saviya est sensible et réceptive aux faits et gestes de chacun.

– Vous êtes née actrice, lui dit le marquis.

– Je pense que la première qualité d'un acteur est de vivre son rôle avec la plus grande émotion et de s'en pénétrer. Une danseuse doit ressentir profondément chaque figure qu'elle accomplit. Voilà pourquoi les choses sont peut-être plus faciles pour moi que pour d'autres, quand il s'agit de jouer, répondit Saviya.

Cette déclaration venait de donner au marquis une nouvelle idée pour la soirée.

Les répétitions de Saviya avaient été facilitées par le fait que son père avait accepté qu'elle vînt au château quand le marquis était là. Ce que le Voïvode avait le plus approuvé dans leur projet était que Saviya jouait le rôle d'une dame de l'aristocratie russe.

– Mais pourquoi votre père a-t-il changé d'avis en ce qui me concerne? demanda Fabius.

– Je ne sais pas, répondit-elle. Je m'attendais à ce qu'il m'interdise de me prêter à cette représentation, mais au contraire, cela l'amuse beaucoup et il a insisté pour que je joue mon rôle le plus parfaitement possible afin que vous puissiez gagner votre pari.

Elle s'interrompit un instant, puis ajouta :

– Je crois que cela évoque pour lui un spectacle dans un théâtre privé de Moscou ou de Saint-Pétersbourg.

– Avez-vous pris part à ces représentations?

– J'y ai eu quelques petits rôles grâce à ma mère.

– J'aimerais que vous me racontiez cela, demanda le marquis.

Mais les préparatifs de la réception devaient continuer et ils durent interrompre leur conversation.

Hobley achevait d'habiller son maître et, prenant du recul pour mieux juger de la façon dont il avait noué sa cravate, il dit :

– Je pense que j'ai le devoir de vous avertir que Mr Jethro est passé au village.

– Quand? demanda le marquis.

– Il était là hier, monseigneur. Un domestique est allé ce matin à la poste et m'a rapporté qu'il avait vu sa voiture devant *La taverne de l'Homme Vert*.

– Mais que fait-il donc par ici?

– Je n'en ai aucune idée, monseigneur. Je pensais que, puisqu'il était dans les environs, il serait venu vous voir, mais j'ai compris qu'il essayait plutôt de glaner quelques renseignements dans la population.

– Quels renseignements?

– La raison du séjour prolongé de Votre Seigneurie à Ruckley, et aussi sur Mlle Saviya.

– En quoi cela l'intéresse-t-il? demanda le marquis à voix basse.

Comme Hobley ne semblait pas avoir entendu, il demanda :

– Comment savez-vous tout cela?

– Henry, le troisième valet, monseigneur, était à *L'Homme Vert* hier soir, quand Mr Jethro y est entré. Deux hommes l'accompagnaient. Henry les a trouvés inquiétants.

– A-t-il écouté leur conversation?

– Cela n'a pas été trop difficile, monseigneur. D'après ce qu'il m'a dit, Mr Jethro parlait de vous au propriétaire, et ce matin, il a eu une conversation avec Bob.

– Et qui est Bob?

– Le nouveau garçon de cuisine. Mr Bush a eu beaucoup de difficultés à en trouver un. Celui-ci vient de Saint Albans. J'ai parlé de lui avec Mr Bush et nous avons pensé qu'il valait mieux pour le moment nous passer de ses services.

– Vous croyez qu'il donne à Jethro des détails sur ce qui se passe ici?

– Je n'en serais pas étonné, monseigneur. Il a parlé d'argent qui changeait de mains.

– Alors qu'on le congédie sur-le-champ, dit brusquement le marquis. Je n'admettrai pas que mon personnel accepte de l'argent de qui que ce soit.

– Ce que nous ne savons pas, c'est si Jethro et Bob se connaissaient avant d'avoir cette conversation à la taverne; mais Mr Bush a précisé que Bob prétendait avoir été au service de lord Portgate qui est un ami de Mr Jethro, comme Votre Seigneurie le sait.

Le marquis se souvint alors d'un jeune débauché qui accompagnait Jethro dans ses divertissements nocturnes.

– Renvoyez ce garçon! dit le marquis.

Puis, il descendit au salon. Ils n'étaient que trois pour dîner : sir Algernon, Charles Collington et le marquis. Le chef avait fait des prodiges et les vins étaient tous excellents. Les trois hommes s'attardèrent un moment à table devant un porto, puis passèrent au salon. Ils y étaient à peine arrivés que Bush entra :

– Un léger accident vient de se produire sur la route, tout près d'ici, monseigneur. L'un des chevaux s'est détaché de l'attelage et le cocher dit que la réparation prendra environ une heure. J'ai cru bon de vous avertir que la dame qui occupait la voiture attend dehors.

– Priez-la d'entrer, Bush.

– Bien, monseigneur.

Comme le serviteur sortait, le marquis se tourna vers ses amis :

– Il semble que nous ayons une visite, mes amis. Je me demande si c'est quelqu'un de notre connaissance.

– Il est fâcheux d'avoir une rupture d'attelage à cette heure-ci, dit Collington. Cela m'est arrivé une fois en revenant de Brighton, j'ai évité de peu l'accident.

Soudain, la porte s'ouvrit, et Bush annonça d'une voix solennelle :

– Son Altesse la princesse Kotovsky, monseigneur.

Les trois amis se retournèrent et virent une silhouette élégante et gracieuse s'avancer vers eux.

Apparemment, l'inconnue s'était débarrassée de sa pèlerine dans l'antichambre et portait une étonnante robe de soie vert émeraude, agrémentée de tulle et de grands nœuds de satin.

Plus étonnant encore était son visage. Ses cheveux noirs coiffés à la dernière mode encadraient un visage ovale aux traits délicats, éclairé par de grands yeux pétillants de vivacité.

Elle portait au cou un splendide collier d'émeraudes assorti à ses boucles d'oreilles et à un bracelet qu'elle avait au bras droit.

Le marquis s'avança pour l'accueillir.

– J'ai l'honneur de vous accueillir chez moi, princesse. Je suis le marquis de Ruckley et je déplore que vous ayez eu un si fâcheux accident.

– J'ai eu la chance qu'il survienne alors que je passais devant chez vous, dit la princesse. (Sa voix était musicale et teintée d'un délicieux accent étranger.) Vos serviteurs ont été très dévoués, monseigneur, et je vous en suis très reconnaissante.

– Je suis heureux de vous avoir rendu service. Vous arrivez à point pour égayer un peu notre morne soirée de célibataires. Puis-je vous présenter mes amis? sir Algernon Gibbon et le capitaine Charles Collington.

La dame s'inclina gracieusement et, après s'être assise sur le canapé près de la cheminée, accepta un verre de vin.

Le marquis lui proposa de dîner, mais elle déclara qu'elle avait pris un repas avant de quitter *L'auberge du Brochet* où elle avait fait halte.

– Votre Altesse se rend-elle à Londres? demanda sir Algernon.

La princesse lui sourit :

– Mon mari vient d'être nommé à l'ambassade de Russie et c'est ma première visite dans votre capitale. Je dois dire que j'attendais cela depuis fort longtemps.

– Nous espérons que notre ville vous plaira, dit Collington. De plus, les soirées à l'ambassade de Russie sont parmi les plus gaies qui se donnent dans le monde diplomatique.

– C'est vrai, renchérit sir Algernon, je crois qu'aucun pays n'est aussi généreux que le vôtre quand il s'agit de fêtes.

– Cela fait plaisir à entendre, dit la princesse.

– Au cours de mon séjour en Russie, continua sir Algernon, j'ai eu mille fois la preuve de votre sens de l'hospitalité et de la qualité de vos réceptions.

– Vous êtes allé en Russie? s'exclama le marquis. Vous m'aviez caché cela.

– Il y a bien longtemps, au siècle dernier. J'avais vingt ans et j'accomplissais un voyage en Europe.

– Avez-vous aimé mon pays? demanda la princesse.

– Je n'oublierai jamais la beauté de ses paysages, le charme de son peuple, ni surtout ses remarquables danseurs, dit sir Algernon.

A ces mots, le visage de Saviya s'illumina et le marquis craignit un instant qu'elle ne se laisse emporter par son enthousiasme et en oublie le rôle qu'elle avait à tenir.

– Vous parlez, je suppose, du Ballet impérial, monsieur?

– Non, pas seulement du Ballet impérial, en effet

remarquable, mais surtout de vos danseurs gitans qui m'ont fasciné. En fait, mon hôte, le prince Paul Borokowsky, qui m'a hébergé tout au long de mon séjour, a épousé quelques années plus tard une danseuse gitane.

– Voilà assurément un mariage inhabituel! s'écria le marquis qui se souvenait de ce que Saviya lui avait dit sur les mariages mixtes.

– Pas en Russie, s'empressa de préciser sir Algernon. Là-bas, les chanteurs et danseurs gitans occupent une place exceptionnelle.

Le marquis fit l'étonné et se tourna vers la princesse.

Sir Algernon continua :

– Je pense que vous ne me contredirez pas, madame, si je soutiens que certains gitans habitent des demeures seigneuriales, voyagent à l'étranger dans d'élégants équipages et ne sont pas le moins du monde inférieurs aux Russes du plus haut rang, en ce qui concerne leur apparence ou leur éducation.

– C'est exact, admit Saviya.

– Et je pense que vous m'approuverez aussi si j'affirme que leur prestige n'est pas dû seulement à leurs extraordinaires dons pour la danse, mais à leurs chants et à la qualité de leur voix.

Il vit que ses propos captivaient le marquis et Collington, aussi il continua :

– Saviez-vous, Ruckley, que quelques-uns des plus grands chanteurs du monde sont des gitans venus de Russie? Ils ont émerveillé non seulement les Russes, mais aussi les critiques les plus exigeants, et cela dans le monde entier.

– J'avoue que cette particularité a échappé à mon attention.

– Avez-vous jamais entendu parler de Catalani? demanda Algernon. Elle était italienne, et c'était une des plus belles voix de soprano que le monde ait jamais entendue. A l'occasion d'une représentation à Moscou, elle fut tellement enthousiasmée par la voix d'une chanteuse gitane qu'elle retira le châle de cachemire qui couvrait ses épaules – châle dont le pape lui avait fait présent – et le lui offrit.

« Ce châle n'est plus à moi, il est à vous », dit-elle en le posant sur les épaules de la gitane.

– Je vous remercie pour tout le bien que vous avez dit de mon pays, dit Saviya à sir Algernon, en dissimulant à peine son émotion.

– C'est tout simplement parce que la Russie m'a permis de découvrir des choses et des gens étonnants et inoubliables qui ont marqué mon existence, répondit-il.

Il s'arrêta quelques instants, puis reprit :

– Depuis ce temps, mon goût pour les arts n'a cessé de se développer. Cependant, et je le déplore, mes meilleures acquisitions n'ont pu égaler les magnifiques trésors que recèlent vos palais et les demeures de vos princes.

– Vous allez faire des envieux, Gibbon! s'exclama le marquis.

– J'en suis certain!

Il entama alors un long discours sur les tableaux qu'il avait pu voir à Moscou et les collections d'objets d'art de Saint-Pétersbourg. Il invitait Saviya à confirmer ses dires, et se montrait flatté lorsqu'elle rendait hommage à ses connaissances.

Finalement, Bush vint avertir que l'attelage était réparé : tout était prêt pour que la princesse poursuive sa route vers Londres.

Celle-ci se leva, regrettant de ne pouvoir continuer plus longtemps une conversation aussi enrichissante.

– Vous avez été si aimable, dit-elle au marquis. Ce qui m'était apparu comme un désastre s'est transformé en un véritable enchantement.

– Me permettez-vous de vous rendre visite dès que je serai de retour à Londres? demanda-t-il.

– Mon mari et moi-même serons ravis de vous accueillir et je suis sûre qu'il tiendra à ajouter ses remerciements aux miens pour votre hospitalité.

– Nous nous reverrons bientôt, je pense, dit sir Algernon en lui baisant la main. L'ambassadeur de Russie et son épouse, la princesse Lieven, sont mes amis et vous me permettrez, j'espère, de donner un dîner en votre honneur dès que vous serez installée.

– Vous êtes très aimable, répondit la princesse avec douceur.

Elle se tourna alors vers le capitaine Collington et lui tendit la main.

Le marquis raccompagna la princesse et dès que la porte fut refermée, il ne put s'empêcher de lui dire :

– Vous avez été admirable. Dans combien de temps voulez-vous que j'emmène sir Algernon sur la terrasse?

– Environ un quart d'heure, murmura-t-elle.

Le marquis la quitta et retourna au salon.

– Elle est délicieuse! s'exclama sir Algernon au moment où Fabius entrait. Les Russes, quand elles sont jeunes, sont les femmes les plus adorables du monde. Vous voyez, je sais ce que je dis quand j'affirme que les femmes les plus gracieuses sont celles de l'aristocratie.

– Ce que vous avez raconté sur les gitans m'a

beaucoup intéressé, dit Charles Collington. J'ai toujours cru que c'étaient de pauvres gens en guenilles errant pieds nus sur les chemins et dormant à l'abri des haies ou sous des tentes rapiécées.

– Les gitans de Russie sont très différents de ceux que vous connaissez. Certains d'entre eux sont sous la protection des grands-ducs et des princes.

– J'ai toujours entendu dire, intervint le marquis, qu'ils avaient une excellente moralité.

– Ils ne mènent jamais une vie de désordre, affirma sir Algernon. Mon ami le prince Paul m'a expliqué qu'il était extrêmement rare de trouver des gitanes parmi les prostituées. Si elles acceptent la protection d'un duc ou d'un prince, la liaison dure plusieurs années. En fait, elles considèrent cela comme un mariage.

– Et vous prétendez même que certains notables russes épousent des gitanes? demanda Collington incrédule.

– Les chanteuses et les danseuses les plus célèbres sont devenues princesses, répéta sir Algernon. Le prince Paul me faisait remarquer que ce n'était pas l'aristocratie qui voyait une objection à ces unions, mais les gitans eux-mêmes. C'est un peuple étrange qui redoute les mélanges de races.

Le marquis s'assura que les verres de ses deux amis étaient pleins et leur dit :

– Comme la nuit est douce, très douce même pour cette époque de l'année, je voudrais vous emmener sur la terrasse; j'ai quelque chose à vous montrer, Gibbon, qui j'en suis sûr, vous intéressera et vous étonnera.

– Les heures passées ici m'ont déjà réservé beaucoup de surprises, répondit sir Algernon. Je suis prêt à tout voir et à tout entendre.

Ils franchirent la porte-fenêtre qui ouvrait sur une grande terrasse dallée; au fond quelques marches permettaient d'accéder à la pelouse.

Sur la terrasse, se trouvaient trois fauteuils. Le marquis invita ses amis à s'asseoir et s'assit à son tour.

Le jardin était calme et la lune qui éclairait les arbres du parc donnait à cet endroit un aspect mystérieux.

Devant eux, au milieu de la pelouse, se trouvait un petit temple grec qui avait été rapporté en Angleterre par le père du marquis au début du XVIIIe siècle. Sous la clarté lunaire, il brillait comme une perle blanche dans un écrin de frondaisons.

Soudain, comme pour répondre à l'impatience de sir Algernon, un air de violon qui semblait venir du temple s'éleva dans la nuit. Ils virent venir vers eux, à pas lents, une troupe de musiciens jouant d'instruments divers, tels que guitare, viole, cithare et d'autres encore qu'ils ne purent reconnaître.

Ils s'approchèrent jusqu'au pied de la terrasse et se placèrent de part et d'autre des marches, de façon à ne pas cacher le temple aux spectateurs.

La musique s'intensifia et soudain, apparut une danseuse. Elle semblait une émanation de cette musique, tellement elle paraissait diaphane.

Le marquis savait que Saviya était une danseuse remarquable, mais il ne pouvait supposer qu'elle fût à ce point gracieuse, irréelle.

Elle portait la tenue gitane, une tenue de fête, blanche, ornée de broderies aux couleurs vives. Les manches bouffantes de sa blouse de mousseline ressemblaient aux ailes d'un éphémère.

Sa robe, très serrée autour de sa taille mince,

s'évasait en formant de larges plis qui ondulaient au rythme de ses mouvements. A son cou, on voyait briller des bijoux et elle portait sur la tête une couronne de fleurs, agrémentée de rubans de toutes les couleurs, qui retombaient sur la nuque et les épaules.

Elle semblait voler comme un papillon de nuit et ses pieds touchaient à peine le sol.

Alors, apparut un groupe d'hommes et de femmes portant des torches et le jardin fut inondé d'une lumière pourpre qui donnait à cette petite fête un air grandiose.

Puis le rythme changea. Ce n'était plus cette musique douce et envoûtante qui avait jusqu'ici enchanté les trois spectateurs, mais une mélodie à la fois sauvage et douce, tendre et violente, sur laquelle Saviya accélérait ses mouvements accompagnée par les chants des porteurs de torches.

Leurs voix montaient dans la nuit et, bien que les paroles fussent incompréhensibles pour les trois amis, cette mélodie leur parut d'une beauté inégalable.

Le chant, la musique et la danse se mêlaient progressivement pour atteindre la plus complète harmonie. Saviya bondissait avec tant de légèreté et de grâce qu'elle semblait par moments suspendue en l'air, comme une sylphide entrevue dans un rêve. C'était une véritable féerie.

Peu à peu, la musique s'atténua et ce fut comme le calme après un violent orage. Alors, les torches quittèrent la scène en contournant le temple, puis ce fut au tour des musiciens de s'éloigner lentement, enfin, la gracieuse silhouette de Saviya se fondit dans la nuit.

Pendant quelques instants, régna le silence le plus

absolu. Puis sir Algernon se leva brusquement et se mit à applaudir.

– Bravo, bravo, incroyable! Absolument exquis, grandiose, irréel! s'exclama-t-il.

Comme s'il sortait d'un rêve, le marquis à son tour se leva et applaudit de toutes ses forces. Mais son émotion était telle qu'aucun son ne sortit de sa gorge pour crier son enthousiasme. Il restait stupéfait que cette « mascarade », comme disait Saviya, s'achève dans une émotion aussi intense.

Comme s'ils ne pouvaient trouver les mots pour exprimer leur joie, les trois amis regagnèrent le salon en silence.

Quelques minutes plus tard, Saviya les rejoignit.

Elle portait encore la robe blanche brodée dans laquelle elle avait dansé.

Le marquis s'avança vers elle pour l'accueillir, lui prit la main et la baisa avec une grande émotion.

– Je m'attendais à ce que vous soyez parfaite, mais vous avez été bien plus que cela.

Elle lui sourit sans répondre et accepta avec modestie les compliments de sir Algernon et du capitaine Collington.

– Vous rendez-vous compte, dit ce dernier à sir Algernon, que vous nous devez mille guinées?

– C'est un prix que j'accepte de payer pour avoir assisté à si beau spectacle. Puis-je connaître le vrai nom de cette jeune fille?

– Elle s'appelle Saviya, répondit le marquis, et comme vous l'avez apparemment deviné, elle est gitane. Mais sa mère était une grande danseuse russe.

– Ce soir, je suis revenu des années et des années en arrière, dit sir Algernon très ému.

Il sourit et ajouta en se tournant vers le marquis :

– Maintenant vous comprenez pourquoi, avant le dîner, je parlais des danseuses russes avec tant d'enthousiasme, et vous avez vu que je n'exagérais pas.

Puis, il demanda avec un soupçon de curiosité :

– Dites-moi, Ruckley, où vous avez découvert cette créature fascinante. Comment se trouve-t-elle ici, en Angleterre?

– Notre rencontre a été un peu imprévue, dit Fabius en souriant.

Il expliqua alors comment il avait renversé Saviya avec son phaéton.

– Si cela n'était pas arrivé, conclut-il, je n'aurais peut-être jamais su que les gitans campaient sur mes terres. Jamais, jusqu'à ce soir, je n'avais soupçonné leur présence en si grand nombre.

– C'est un peuple qui aime s'entourer de secrets, dit sir Algernon.

Se tournant alors vers Saviya, il demanda :

– Etes-vous bien remise de cet accident? Vous auriez pu tout aussi bien avoir une jambe cassée, ce qui eût été pour vous une véritable tragédie.

– Heureusement, ce n'était pas si grave que cela, répondit Saviya. Tout ce qu'il en reste, c'est une simple cicatrice au front et une marque au bras.

– Il est encore un peu abîmé, dit Charles Collington en s'approchant d'elle pour examiner son bras.

Elle se mit à rire.

– Ce n'est pas ce bras-là, c'est l'autre, dit-elle, amusée.

– Mais vous avez une marque sur celui-ci! continua-t-il.

– C'est une marque que l'on a faite à ma naissance et pour laquelle ma tribu a le plus grand respect.

– Pour quelle raison? demanda Collington.

– Parce que c'est la tête d'un faucon et qu'un faucon a un regard perçant. Cela veut dire que je suis voyante.

– En effet, c'est bien la tête d'un faucon. Regardez, Ruckley.

C'était une marque de la taille d'un florin, et sir Algernon s'attarda longuement à l'examiner. Le marquis alla quérir un verre de vin pour Saviya.

– Vous devez être très fatiguée après cette incroyable performance, dit-il en lui tendant le verre.

– Je ne suis jamais fatiguée de danser, répondit-elle. J'étais beaucoup moins à l'aise dans mon rôle de femme du monde!

– Vous l'avez tenu comme si vous étiez née dans une grande famille, s'empressa de dire Collington. N'ai-je pas raison, Gibbon?

– En effet, dit celui-ci, tout était parfait, vous n'avez pas commis une seule faute. Ma seule déception est de ne pouvoir vous inviter à dîner à Londres, la semaine prochaine, comme je vous l'avais promis.

– Je dois dire, mon cher Gibbon, que vous vous montrez un perdant très sportif, dit Charles Collington avec admiration. Je me sens un peu gêné d'accepter ces mille guinées.

Tous se mirent à rire. Alors, le marquis leva son verre :

– Buvons à Saviya! Personne ne nous a émerveillés autant qu'elle par ses talents et sa modestie. Elle m'avait dit qu'elle était danseuse, mais jamais je n'aurais cru qu'elle fût capable de nous offrir un spectacle d'une telle qualité.

– Ce que je ne comprends pas, dit sir Algernon, c'est la raison qui vous a fait quitter Saint-Pétersbourg où, pourtant, vos talents auraient été très remarqués.

– Mon père, comme tous les gitans, est possédé par le démon du voyage, répondit-elle. Même si nous sommes très heureux ici, dans quelque temps nous irons ailleurs. C'est ainsi que nous vivons. Nous avons traversé toute la Russie pour revoir l'Angleterre.

– Donc, votre père est déjà venu ici? demanda le marquis.

– Oui, mais il y a très longtemps. J'étais encore un bébé et je ne m'en souviens pas.

Ils parlèrent encore un moment, puis Saviya conclut :

– Je dois m'en aller maintenant. Mon père va se demander ce que je suis devenue, car mes amis doivent sans doute être rentrés au camp depuis longtemps.

A ce moment, un valet entra dans le salon, un paquet dans les mains, et s'approcha du marquis.

– Qu'y a-t-il? demanda Fabius.

– Quelqu'un a laissé ceci devant la porte, monseigneur. L'homme qui l'a déposé a dit que c'était un présent à ouvrir dans votre chambre. Voyant que vous étiez encore ici, je me suis permis de vous l'apporter.

– Un homme? questionna le marquis.

– Je pense que c'était un gitan, monseigneur. Il m'a précisé : « Dis à ton maître que c'est un présent des gitans. »

Le marquis regarda Saviya :

– Il semble que votre père soit extrêmement généreux.

Le valet déposa le paquet dans ses mains. C'était un petit panier rond, dont le couvercle était fixé aux anses par deux ficelles de chanvre.

– Etiez-vous au courant? demanda le marquis à Saviya.

Elle secoua la tête.

– Je ne sais pas ce que c'est. Je ne pense pas que ce soit un cadeau de mon père. Il ne l'aurait pas fait sans m'en parler.

– Un cadeau des gitans... répéta pensivement le marquis. Je m'attends à quelque chose d'exceptionnel, Saviya.

Alors qu'il était sur le point de soulever le couvercle, Saviya lui arracha le panier des mains avec une rapidité surprenante, le jeta par terre et le poussa du pied le plus loin possible.

Le panier glissa sur le parquet ciré et s'arrêta près de la porte.

– Mais que faites-vous, Saviya? demanda le marquis.

Comme il disait cela, le couvercle du panier se souleva d'un côté et on vit apparaître une langue fourchue, puis la tête et enfin le corps d'un gros serpent.

Il sortit prestement de son panier et se dressa sur le sol en sifflant. C'était un cobra.

– Mon Dieu! s'exclama le marquis.

Charles Collington s'écria :

– Un pistolet, Fabius! Vite, un pistolet!

Le cobra dressait sa tête et regardait de tous côtés, étonné de se trouver là.

Charles Collington longea le mur avec précaution, en vue d'atteindre la porte située derrière le serpent. Saviya l'arrêta d'un signe discret de la main.

– Ne bougez pas, dit-elle à voix basse, taisez-vous.

S'approchant du serpent menaçant, Saviya commença à émettre un son curieux.

Ce n'était pas vraiment un chant, c'était un peu comme le son d'une flûte douce. Les notes s'élevaient, presque imperceptibles pour des oreilles humaines.

Mais le cobra semblait avoir entendu; il avait rentré sa langue et tournait la tête en direction de Saviya qu'il regardait de ses grands yeux jaunes.

Cependant, il était toujours en position d'attaque, la tête gonflée, prêt à cracher son venin.

Lentement, Saviya se rapprocha du serpent, sans cesser de produire cette étrange musique qui consistait en trois notes répétées à l'infini.

Elle se mit à genoux, non loin du cobra, et fixa le reptile dans les yeux.

Un silence total régnait dans la pièce, à l'exception de cette douce musique, et les trois hommes retenaient leur souffle. Ils étaient si figés que l'on aurait dit des statues.

Alors Saviya amorça une sorte de danse au rythme de ses notes. Ses épaules se balançaient de droite à gauche et son regard demeurait fixé sur celui du serpent.

Le serpent commença à se balancer au même rythme que Saviya et, comme elle, à incliner la tête de droite à gauche et de gauche à droite.

Le chant de Saviya se fit plus intense, et peu à peu, le cobra descendit, s'enroula sur le sol, sa tête reposant à même le plancher dans une attitude de soumission.

Soudain Saviya émit un son nouveau, très bref, et le serpent regagna le panier d'où il était sorti.

Sans cesser de chanter, Saviya s'avança doucement. Elle remit le couvercle en place et l'attacha solidement aux deux anses. Tout à coup, elle cessa de chanter et, pendant quelques instants, parut sur le point de s'évanouir.

Le marquis qui se tenait près d'elle la prit par le bras pour la soutenir et l'aida à se relever.

– Comment vous sentez-vous? lui demanda-t-il.

– Très bien... dit-elle d'une voix hésitante.

Son visage était très pâle et le marquis craignit qu'elle ne s'évanouît vraiment. Il l'aida à traverser la pièce et l'installa dans un fauteuil.

– Ne parlez pas, lui dit-il tout en lui servant un verre de vin.

Elle but deux ou trois gorgées puis lui rendit le verre.

– Je crois que cela ne me fera aucun bien, dit-elle.

– Comment avez-vous réussi à maîtriser le serpent? demanda sir Algernon. J'ai entendu dire que cela se faisait, mais je ne pensais pas qu'une femme pût y parvenir.

– Je l'ai vu faire plusieurs fois, répondit Saviya. Mais c'est la première fois que j'essaie toute seule.

– C'est d'autant plus étonnant! s'exclama le marquis. Nous vous devons des remerciements, Saviya. Je n'ai pas besoin de vous dire que vous m'avez sauvé la vie.

Elle soupira profondément.

– Je viens seulement de me rendre compte que ce panier ne peut appartenir à des gitans, mais plutôt à des gens du cirque. Je n'arrivais pas à me rappeler où j'avais vu ce genre de vannerie, puis je me suis souvenue des charmeurs de serpents que nous avons rencontrés dans nos voyages.

Elle s'interrompit un instant et ajouta en regardant le marquis :

– Leurs serpents sont habituellement privés de leurs poches à venin, mais celui-ci était un jeune cobra qui n'avait subi aucun traitement. S'il vous avait mordu, nous n'aurions pu vous sauver. Le venin agit immédiatement sur les centres nerveux.

– Mais qui peut bien vouloir votre mort, Ruckley? demanda sir Algernon.

– Il est facile de répondre... commença Charles Collington, aussitôt interrompu par le marquis.

– Inutile de parler de cela, Charles. Une fois de plus nous n'avons aucune preuve.

– Que se passe-t-il? Il faut me le dire, Ruckley, demanda sir Algernon, inquiet.

– Je pense qu'il est temps pour Saviya d'aller dormir, suggéra le marquis.

– En effet, je dois partir, dit-elle.

Elle salua sir Algernon et Collington et le marquis l'accompagna jusqu'à la porte.

Elle se tourna vers lui pour prendre congé mais il lui fit un signe de la tête :

– Je vais vous accompagner jusqu'à votre camp. Je ne peux vous laisser partir seule.

– Mais je ne risque rien. Je suis plutôt inquiète pour vous. Quel est cet homme qui veut vous tuer? Si vous refusez de me le dire, je passerai la nuit à chercher son nom, comme je l'ai déjà fait pour imaginer son visage.

– Vous m'avez dit, lorsque nous étions dans la galerie des portraits, que son nom commençait par la même lettre que le mien. Vous aviez raison, Saviya. Il s'agit de mon cousin, Jethro Ruck. Si je disparais, c'est lui qui doit hériter de mon titre et de mes terres.

– Ce n'est pas la première fois qu'il essaie de vous tuer? demanda-t-elle comme ils traversaient la cour.

– Il a essayé tout récemment à Londres en poussant une pierre du toit de ma maison de Berkeley Square. Il a échoué de peu, mais ce soir, il aurait réussi si j'avais ouvert le panier dans ma chambre.

Saviya frissonna.

– Il est dangereux, très dangereux, et je vous supplie d'être prudent.

Le marquis sourit :

– Vous tenez les mêmes propos que Charles. Vous me suppliez d'être prudent, mais il faudrait que je sois aussi clairvoyant que vous pour déceler les ruses de Jethro.

Le marquis réfléchit un moment, puis ajouta :

– C'était habile de me faire parvenir ce panier de la part des gitans. Il a probablement entendu parler de vous quand il prenait des renseignements dans le village et il a imaginé que si je recevais un cadeau de vous, je tiendrais à l'ouvrir moi-même.

– Je ne vous enverrai jamais rien sans vous prévenir, assura-t-elle.

– Je ne pense pas que Jethro utilisera une autre fois ce moyen. Que vais-je faire du serpent? Le tuer?

– Non, dit Saviya. Il n'est pas bon de retirer la vie à un animal à moins que cela soit absolument nécessaire. Les Kalderash célèbrent la fête du serpent le 15 mars. Ce jour-là, si quelqu'un en tue un, la chance l'accompagne tout au long de l'année.

Elle s'interrompit un moment, puis continua :

– J'ai entendu dire qu'un cirque s'était installé à Saint Albans. C'est probablement là que votre cousin a obtenu ce serpent. Renvoyez-leur le cobra avec vos compliments. Je pense qu'ils comprendront et ne commettront pas l'erreur de vendre deux fois le même animal à un étranger.

– Vous avez raison, c'est ce que je vais faire. D'ailleurs, c'est un geste très magnanime. Si j'osais, je le renverrais à Jethro lui-même. (Il rit et reprit :) L'ennui, c'est que si je le tue, j'aurai de nombreuses explications à donner et rien ne me prouve que l'idée de ce cadeau venimeux soit de lui.

– Restez sur vos gardes.

– Je sens que je n'aurai rien à craindre tant que vous serez là.

Tout en parlant, ils avaient atteint la lisière de la forêt, et Saviya s'arrêta.

– N'allez pas plus loin.

– Mais je dois vous protéger, dit le marquis. Cependant, si vous tenez absolument à continuer seule, je respecterai votre désir.

– Merci, dit-elle avec douceur.

– C'est moi qui vous remercie. D'abord pour les instants merveilleux que vous nous avez fait vivre ce soir, ensuite, pour m'avoir sauvé la vie.

Leurs mains se joignirent et le marquis sentit une vague de bonheur l'envahir.

En regardant Saviya, il lui sembla qu'elle éprouvait la même sensation.

Pendant quelques instants, ils demeurèrent immobiles et leurs corps très proches l'un de l'autre ne semblaient faire qu'un.

– Saviya, vous savez quels sentiments j'éprouve pour vous? dit-il d'une voix sûre.

Elle ne répondit pas, mais il vit que ses yeux cherchaient les siens.

– Je vous aime, reprit-il, je vous désire. Je vous

désire comme je n'ai jamais désiré aucune femme jusqu'à présent. Venez avec moi, Saviya. Je vous donnerai tout ce que vous voudrez et nous serons heureux ensemble.

Il y eut un long silence, puis la jeune fille dit enfin :

– Me proposez-vous de devenir votre *piramni?*

Il n'était pas nécessaire de traduire ce mot pour que le marquis le comprît.

– Devons-nous absolument donner un nom à ce qui est si noble, si merveilleux? demanda-t-il. Nous sommes simplement faits l'un pour l'autre, Saviya. J'ai compris, au cours de ces derniers jours, que vous aviez deviné les sentiments que j'éprouve pour vous. Je l'ai compris à tous les instants où nous avons été l'un près de l'autre.

Elle détourna légèrement la tête et il ajouta :

– Je crois que vous m'aimez un peu et je suis capable de susciter en vous tout l'amour dont vous êtes capable. Venez à moi, Saviya, nous saurons trouver le bonheur qui est donné à ceux qui s'aiment.

Elle leva la tête.

– Je ne... je ne peux pas. Vous savez... je ne peux pas.

– Pourquoi?

– Parce que ce serait mal.

– Qui a décidé de ce qui est mal et de ce qui est bien? demanda Fabius nerveusement. Peut-être votre tribu a-t-elle ses lois, Saviya, mais ce ne sont pas celles de notre pays ou de notre Eglise. Oubliez-les. Souvenez-vous seulement que nous sommes un homme et une femme et que nous ne connaissons qu'une seule loi : celle de l'amour.

Ses doigts étreignirent plus fort la main de Saviya et il continua :

– Je m'occuperai de vous et vous n'aurez plus à vous soucier de rien pour le reste de votre vie. Cela, je le jure. Je vous en supplie, ne laissons pas passer cette chance qui nous est donnée de nous aimer et d'être heureux ensemble.

Elle ne répondit pas, mais le marquis comprit qu'elle n'était pas encore convaincue.

– Regardez-moi, Saviya.

Elle hésita, puis, comme si elle lui devait déjà obéissance, leva ses grands yeux vers lui.

– Vous m'aimez, dit-il, je sais que vous m'aimez. J'éprouve pour vous une passion que je n'ai encore jamais ressentie pour personne. Tout mon être en est troublé. Je vous désire, Saviya, mais ce que j'éprouve réellement va bien au delà du simple désir. Je veux rester avec vous, vous sentir bien présente à mes côtés, entendre votre voix. J'ai besoin de votre présence. Je veux passer des heures à contempler le mouvement de vos lèvres, voir au fond de vos yeux cette étrange et délicieuse expression qui me dit votre amour pour moi.

Saviya ne fit aucun geste, mais le marquis sentit qu'elle tremblait de tout son être et que son cœur battait très fort.

– Mon Dieu! comme je vous aime!

Il la prit dans ses bras et la serra très fort contre sa poitrine. Ses lèvres se posèrent sur les siennes en un baiser à la fois passionné et doux, comme on peut en donner à un être fragile et délicat.

Ils étaient enlacés, ne formant qu'un seul corps, et rien n'existait plus autour d'eux.

– Je vous aime, répétait-il, se souvenant que jamais encore il n'avait dit ces mots à une femme.

– *Me hamava tut!* murmura-t-elle.

Il comprit qu'elle répétait cette phrase magique, mais dans la langue de son peuple.

– Je vous aime, je vous aime.

Il baisa son front, ses yeux, puis une nouvelle fois ses lèvres.

– Rentrez avec moi au château, maintenant. Pourquoi devrions-nous attendre? Je ne peux attendre demain pour vous revoir.

Lentement, elle se sépara de lui.

Son visage était radieux sous la pâle clarté de la lune. Mais soudain, il remarqua que son expression changeait.

– Non, dit-elle, ce n'est pas bien, ce n'est pas bien. Ni pour vous, ni pour moi. Je vous aime trop pour vous... blesser.

– Pourquoi me blesseriez-vous? demanda-t-il d'une voix impatiente.

Elle le regarda avec cet étrange regard qui semblait aller au delà de lui.

– C'est pour vous... que c'est important.

Alors, avant qu'il pût faire un geste pour la retenir, elle disparut dans la pénombre des grands arbres.

– Saviya! appela-t-il désespérément, Saviya!

Mais aucune réponse ne vint de la nuit, il était seul.

5

Le marquis regagna lentement Ruckley et, après une courte conversation avec sir Algernon et Collington, alla se coucher.

Il donna encore des ordres à Bush, afin que le serpent fût rapporté au cirque de Saint Albans, comme Saviya l'avait suggéré.

Quand Hobley eut achevé de l'aider à se déshabiller, il se retira, et le marquis s'assit dans un fauteuil pour songer à la soirée qui venait de s'écouler.

En regardant Saviya danser, il avait ressenti une émotion qu'il n'avait jamais connue jusque-là au cours d'un spectacle. Jamais une femme n'avait provoqué chez lui une telle attirance. Il avait compris dès le premier instant que c'était Saviya que son cœur avait choisie entre toutes.

Il avait eu beaucoup de femmes dans sa vie. Des femmes qu'il avait trouvées amusantes, divertissantes et quelquefois même irrésistibles, mais jamais elles n'étaient parvenues à provoquer chez lui un attachement aussi fort.

Chaque fois, c'était la même déception indéfinissable. Il y avait en son cœur un endroit secret qu'aucune femme n'avait su atteindre.

Il s'était moqué jusque-là des jeux de l'amour, avait refusé la sensiblerie et s'était efforcé de tempérer les élans de son cœur. Cependant, il savait qu'il était capable d'aimer profondément, mais jamais encore l'occasion ne lui en avait été donnée. Il commençait maintenant à comprendre pourquoi l'amour avait bouleversé la vie d'Eurydice, pourquoi elle avait soudain tout abandonné pour suivre l'homme qu'elle aimait dans un pays inconnu.

Elle l'avait averti, avant son départ, qu'un jour il serait capable des mêmes folies.

Le seul obstacle à son bonheur était qu'il ne pouvait proposer à Saviya de l'épouser. Pourtant, il devait s'efforcer d'obtenir son consentement. Bien qu'il fût un « Gorgio », elle souhaitait peut-être devenir sa femme. Mais pourrait-il faire d'elle la marquise de Ruckley?

Il se disait qu'il ne trouverait pas une épouse plus parfaite ni une châtelaine plus digne de porter son nom.

Cependant, il n'ignorait pas les difficultés que créerait cette union ni les inconvénients qu'apporterait à Saviya sa nouvelle position sociale. Le charme et la grâce qui émanaient d'elle ne la mettaient pas à l'abri des moqueries des amis du marquis, ni de celles de ses employés.

Pendant son court séjour à Ruckley, les serviteurs avaient fini par considérer Saviya comme une invitée de marque, mais il n'était pas certain qu'ils l'accepteraient comme maîtresse. De plus, qu'en serait-il des fermiers, des métayers, des régisseurs, de tous ceux qui travaillaient sur le domaine? Qu'en penseraient les habitants du village qui tenaient le marquis en haute estime et respectaient le nom des Ruckley depuis plusieurs générations?

La haine et la méfiance à l'égard des gitans reposaient au fond du cœur de tous et n'attendaient qu'une occasion pour ressurgir. Cela, le marquis ne pouvait l'admettre.

Depuis que les premières tribus étaient venues en Angleterre, en 1512, beaucoup d'habitants s'étaient montrés hostiles à leur installation et avaient tenté de les persécuter.

Dans le livre de John Howland, découvert par le révérend dans la bibliothèque, le marquis avait lu que sous le règne de Henry VIII, des étrangers se faisant appeler Egyptiens avaient été refoulés vers la France.

Dans la trente et unième année du règne de Sa

Majesté la Reine Elisabeth Ire, plusieurs édits avaient été publiés, visant à punir et à chasser les nomades et les vagabonds du royaume en mentionnant plus particulièrement certaines régions dans lesquelles les gitans avaient l'habitude de se rassembler.

Enfin, les preuves d'hostilité envers les gitans ne manquaient pas. Les choses semblaient s'être un peu apaisées avec l'apparition des écrivains romantiques qui avaient célébré les vertus de cette race et son caractère pittoresque. Mais dans les campagnes, les gens continuaient à croire que les gitans étaient capables de jeter un sort à leurs récoltes ou à leurs animaux, qu'ils avaient le « mauvais œil » et que dans l'ensemble, ils étaient inquiétants et dangereux.

Selon Howland toujours, il y avait à ce moment-là trente-six mille gitans sur le territoire anglais, et rien n'était fait en leur faveur. Pas le moindre effort pour éduquer leurs enfants. Les ministres du culte évitaient leurs camps et chaque fois qu'un gitan comparaissait devant un tribunal, la sentence était sévère.

Cependant, pensait le marquis, certains d'entre eux, étaient semblables à Saviya, plus intelligents et plus cultivés que beaucoup d'Anglais.

Saviya, il est vrai, était russe et, selon sir Algernon, les gitans venus de Russie étaient différents des autres. Néanmoins, le sang qui coulait dans ses veines serait toujours pour elle une tare sociale.

Le marquis se demandait combien de temps pourrait durer un mariage si l'homme devait défendre constamment son épouse contre la vindicte publique ou les propos diffamants.

Non, décidément, une telle union était impossible. Restait la solution de proposer à Saviya d'être sa concubine.

Le ton méprisant de sa voix quand elle avait prononcé le mot « Piramni » n'avait pas échappé au marquis et il avait compris que pour elle cette situation représentait une faute bien plus grave que l'adultère pour une Anglaise.

La stricte moralité des gitans était une vertu essentielle de leur art de vivre et il savait que seul un amour fou aurait pu décider Saviya à passer outre.

Que pouvait-il faire d'autre? Comme aucune solution ne lui venait à l'esprit, il décida d'aller dormir. Mais il ne put fermer l'œil de toute la nuit et se leva très tôt le lendemain.

Il lui semblait urgent de voir Saviya. Elle l'avait quitté si brusquement la veille, abrégeant un moment d'intense bonheur pendant lequel il l'avait tenue dans ses bras et lui avait donné un long baiser!

« Je l'aime », se disait-il, certain d'exprimer dans ces simples mots les sentiments les plus profonds dont il était capable. Elle ne pouvait manquer de venir comme tous les jours, vers 11 heures. Il était obligé de se rendre chez le régisseur d'Eurydice afin de régler l'exploitation du domaine, et, à son retour, il la trouverait sans doute dans la bibliothèque, en compagnie du révérend.

La journée qui s'annonçait, ils devaient la passer ensemble; comme il était impatient de la revoir!

Tandis que Hobley l'aidait à s'habiller, il se rappela qu'il n'avait pas restitué à Saviya les pièces d'or qu'il lui avait empruntées pour mystifier sir

Algernon et se promit de les lui rendre le jour même.

Songeant à la valeur de ces pièces, il trouvait étrange que les gitans soient voués à courir le monde, affrontant la rudesse des climats et l'hostilité des habitants, alors qu'ils pourraient tout aussi bien s'installer dans des maisons confortables et mener une existence normale.

Pour ces hommes, ce mode d'existence offrait sans doute bien des compensations. Se battre contre des dangers permanents, afin d'éviter l'ennui et la monotonie d'un paysage ou d'une société rigide, avec ses lois et ses institutions.

– Savez-vous à quelle heure le capitaine Collington et sir Algernon doivent partir pour Londres, Hobley? demanda-t-il à son valet.

– Sir Algernon m'a demandé la voiture pour 11 heures, monseigneur.

– Je serai de retour avant. Je dois voir quelqu'un dans les propriétés de lady Walden, mais dites à sir Algernon et au capitaine que j'essaierai de passer un moment avec eux avant leur départ.

– Je leur transmettrai votre message, monseigneur.

– J'ai trouvé un raccourci pour me rendre dans les nouvelles propriétés, Hobley, dit le marquis avec satisfaction.

– Vraiment, monseigneur?

– Je l'ai emprunté la semaine dernière. Le trajet est plus court d'au moins vingt minutes.

– Oui, mais vous avez d'excellents chevaux, monseigneur, dit Hobley avec un sourire flatteur.

– C'est vrai, Hobley.

– Je crois connaître le raccourci dont vous parlez, monseigneur. Vous traversez la grande allée du côté nord de Battlewood?

– C'est exact, répondit le marquis. Cela me mène directement sur le plateau qui domine la maison de lady Walden.

Le marquis jeta un regard dans la glace pour vérifier sa tenue avant de sortir.

Hobley le regarda s'éloigner avec admiration.

« Personne, pensa-t-il, ne peut rivaliser avec son élégance, surtout quand il porte cette tenue grise en whipcord. Elle a été coupée par le meilleur tailleur de Londres, et faire briller ses bottes est ma spécialité! »

Devant la porte principale, deux palefreniers maintenaient à grand-peine un étalon que le marquis avait acheté le mois précédent chez Tattersall, le célèbre marchand de chevaux. C'était un jeune étalon qui avait du sang arabe et comme le marquis sautait en selle, il se dit avec plaisir que sa promenade n'allait pas être de tout repos. Il devrait imposer son autorité à un cheval qu'il connaissait à peine.

L'étalon rua plusieurs fois pour montrer son indépendance. Finalement, il se calma un peu et le marquis le conduisit au trot en direction du bois.

Comme il chevauchait, il se prit à songer à sa promenade de la nuit précédente au clair de lune, en compagnie de Saviya. Il n'arrivait pas à chasser son image. Le simple fait de penser à ses yeux plongés dans les siens, à la façon dont elle s'était abandonnée dans ses bras, faisait battre son cœur violemment.

Il ressentit une émotion qui était nouvelle pour

lui et qu'il avait éprouvée pour la première fois en sa présence.

« Mon Dieu! Comme elle est belle! » pensait-il.

Ce n'était pas seulement sa beauté qui le captivait mais surtout ce lien indéfinissable qui s'était établi entre eux, cette union suprême par laquelle ils appartenaient l'un à l'autre.

– Il faut qu'elle soit à moi, se dit-il à haute voix. Je la désire, mon Dieu, comme je la désire!

Sa réflexion fut interrompue par un violent écart de l'étalon : celui-ci avait aperçu une biche qui détala à leur approche. Ils avaient déjà atteint le bois. Comme le marquis l'avait dit à Hobley, un chemin le traversait. Ce chemin avait été tracé, à l'origine, par les bûcherons qui l'utilisaient pour convoyer le bois coupé dans d'immenses traîneaux. Avec le temps, il était devenu un sentier assez étroit qui courait à travers les arbres.

Le marquis mit son cheval au galop, retenant d'une main son chapeau sur sa tête.

De grands arbres, vieux de plusieurs siècles, se dressaient de part et d'autre du sentier. Il était encore trop tôt pour que le soleil perçât l'épais rideau de feuilles et fît disparaître la rosée de la nuit.

Il flottait une odeur de pin et de bouleau, et çà et là, quelques jacinthes émaillaient le sous-bois de leur bleu intense.

L'étalon accéléra son allure et le marquis éprouva une satisfaction particulière à chevaucher dans l'air frais du matin. Il vit soudain un obstacle se dresser à quelques pas de lui. C'était une corde, tendue à hauteur de genou.

Il n'eut pas le temps de tirer sur les rênes que son cheval butait déjà dessus.

Il cria, mais comprit qu'il n'y avait plus rien à faire.

Il ressentit un choc violent à la tête et eut l'impression que ses vertèbres cervicales se brisaient. Puis ce fut le néant. Une voix très douce parlait près de lui et il sentit sur son front une main dont le contact lui paraissait apaisant.

– Dormez, disait la voix. Vous faites un mauvais rêve, dormez.

Les doigts étaient doux et le marquis se souvint vaguement que quelqu'un avait crié... puis l'obscurité s'était faite, et la douleur était apparue... Il s'endormit.

Lentement, il commença à reprendre conscience... Il crut un instant qu'il était avec sa mère. Il se voyait dans les bras de quelqu'un, sa tête reposant sur une poitrine de femme. Il percevait un léger parfum et les battements réguliers d'un cœur.

Il se trouvait bien, en sécurité, et éprouvait un étrange bonheur à être ainsi aimé et dorloté.

Il pensa encore à sa mère, mais ce parfum le hantait.

Il se rappelait maintenant l'avoir senti pour la première fois dans les cheveux d'une gitane qu'il portait dans ses bras après un accident. Lorsqu'il essayait d'ouvrir les yeux, tout était trouble autour de lui.

Il sentit qu'on le déplaçait, et voulut crier car sa tête ne reposait plus sur cette poitrine au contact si doux. Maintenant, on avait mis un oreiller sous sa tête et c'était comme si on lui avait retiré un bien précieux.

– Comment va-t-il, mademoiselle?

Le marquis était sûr d'avoir reconnu la voix familière de Hobley.

Il dormit un peu mais au matin, il n'avait pas encore retrouvé tous ses esprits.

C'était la voix de Saviya qu'il entendait maintenant. Qui d'autre pouvait parler avec tant de douceur et de musicalité, avec ce soupçon d'accent étranger?

Fabius parvint à ouvrir les yeux.

Elle devait le regarder à ce moment-là, car elle poussa un petit cri et s'agenouilla auprès de lui. Il sentit sa joue s'appuyer contre la sienne.

– Vous êtes éveillé?

Le marquis la regarda, leurs visages se touchaient presque et il distingua dans son regard une immense inquiétude, mais aussi une lueur d'espoir.

– Qu'est-il... arrivé? demanda Fabius.

Tout en parlant, il se souvint de la corde tendue en travers du chemin. Peu à peu son esprit rassemblait les éléments du puzzle.

– Ne parlez pas, reposez-vous, dit-elle.

– Je veux savoir ce qui est arrivé, prononça-t-il avec un grand effort.

Il se rendit compte alors qu'il était étendu sur un lit très bas et que les murs qui l'entouraient étaient incurvés comme s'il se trouvait dans une cave.

Le local était si petit qu'il y avait à peine assez de place pour le lit. En levant les yeux, il aperçut la tête de Hobley qui apparaissait dans ce qui semblait être l'encadrement d'une porte.

– Où suis-je? demanda le marquis.

– Vous n'avez rien à craindre, monseigneur, et c'est à Mlle Saviya que vous devez d'être ici, répondit Hobley. Nous avons été très inquiets pour vous.

Le marquis essaya de tourner la tête et éprouva une vive douleur. Il se souvint du coup qu'il avait reçu en tombant. Il s'aperçut que son cou et son épaule étaient bandés.

– Je suis tombé, mais ce n'était pas la faute de mon cheval, n'est-ce pas? Comment va mon cheval?

– Il est retourné à Ruckley, dit Saviya. Une corde était attachée entre deux arbres et deux hommes l'ont tendue au moment où vous arriviez.

– Quels hommes? demanda Fabius.

– Les hommes de Mr Jethro, monseigneur, dit Hobley avec amertume. Ce sont eux qui ont servi de faux témoins devant les juges, contre Mlle Saviya.

Soudain, le marquis s'éveilla. Il essaya de se redresser, mais sentit une vive douleur dans le dos.

– Ne bougez pas, dit Saviya, ils vous ont poignardé.

– Ils vous auraient tué, monseigneur, si Mlle Saviya n'était arrivée à temps pour vous sauver, assura Hobley.

– Je veux savoir ce qui est arrivé, dit le marquis qui semblait retrouver son autorité. Commencez par le début.

Saviya regarda Hobley comme pour lui demander son avis.

– Cela tourmentera monsieur le marquis si nous le lui cachons, dit le vieux serviteur.

– Assurément, reprit le marquis qui avait tout entendu. Tout ce dont je me souviens est que mon cheval a buté sur une corde qui barrait la route et que je suis tombé.

– Le piège de la corde est très connu, monseigneur, et il faut avouer qu'il est astucieux. Ils devaient savoir que vous empruntiez ce chemin tous les matins et ils vous guettaient.

– J'avais l'intuition qu'il se passait quelque chose, dit Saviya. Nous étions en train de rassembler nos affaires pour partir...

– Comment, vous partiez? interrompit le marquis.

Il la regarda, et elle baissa les yeux.

– Il fallait que je parte, murmura-t-elle en rougissant.

– Mais vous êtes restée!

– J'ai eu le pressentiment que vous étiez en danger et, pour m'assurer que ce n'était pas un effet de mon imagination, j'ai demandé à l'un de nos hommes de m'amener un cheval et de m'accompagner. (Elle poussa un long soupir.) J'ai pensé qu'il était trop tôt pour que vous ayez quitté le château et j'attendais simplement que vous atteigniez le bois.

– Vous m'avez déjà attendu à cet endroit? demanda le marquis qui semblait reprendre ses esprits.

De nouveau, le visage de Saviya s'empourpra.

– Presque... tous les matins, répondit-elle.

– C'est une chance, monseigneur, intervint Hobley, que Mlle Saviya vous ait vu à ce moment-là. Si elle ne s'était trouvée là, vous ne seriez pas dans ce lit en ce moment.

– Que s'est-il passé exactement? demanda le marquis.

Il posa alors sa main sur celle de Saviya et sentit ses doigts trembler sous les siens.

– Quand je suis arrivée dans l'allée, continua

Saviya, j'ai vu votre cheval trébucher et je vous ai vu basculer par-dessus sa tête. Dès que vous avez été à terre, deux hommes ont surgi du bois. L'un d'eux tenait une dague dans sa main et, avant que je puisse m'approcher, il vous avait poignardé.

Dès lors, le marquis pouvait s'expliquer sa douleur dans le dos.

– L'homme retira le couteau, continua la jeune fille, et s'apprêtait à vous frapper de nouveau lorsqu'il me vit arriver et m'entendit crier. Son acolyte cria aussi et les deux hommes, effrayés, disparurent dans le bois. Je me suis approchée et j'ai cru que vous étiez mort.

– En effet, monseigneur, il s'en est fallu de peu que le meurtrier n'achève sa besogne, intervint Hobley.

– Qu'avez-vous fait alors? demanda le marquis à Saviya dont il tenait toujours la main.

– Yerko, l'homme qui était avec moi, m'a aidée à vous cacher dans le bois au cas où les hommes reviendraient pour vous frapper encore.

Elle sourit.

– Vous êtes lourd, monseigneur, mais Yerko est fort et je voulais absolument vous sauver.

– Quand un gitan est venu m'avertir que Mlle Saviya me demandait dans le bois, j'ai compris aussitôt que quelque chose de grave était arrivé, dit Hobley. J'ai pensé immédiatement à Mr Jethro.

– Mais y a-t-il une preuve que Jethro soit à l'origine de tout ceci?

Saviya regarda Hobley en silence, se demandant s'ils devaient tout révéler au marquis.

– Allez-vous enfin me dire la vérité? reprit le marquis avec humeur.

Saviya posa la main sur son front.

– Vous avez beaucoup de fièvre, dit-elle, et nous ne voulons pas vous contrarier.

– Je serai bien plus contrarié si vous me cachez la vérité, s'exclama le marquis.

– Très bien, monseigneur, il vaut mieux que vous sachiez tout, dit Hobley. Il y a un mandat d'arrêt contre Mlle Saviya. Elle est accusée d'avoir tenté de vous tuer. Le couteau qui vous a frappé est entre les mains du juge et Mr Jethro est installé à Ruckley.

– Ah, le traître! s'exclama le marquis.

Il essaya de se lever mais éprouva une telle douleur qu'il se laissa retomber sur son oreiller.

– Ce sont de trop mauvaises nouvelles, dit Saviya, nous aurions dû attendre pour vous les annoncer.

– Attendre? répliqua le marquis. Depuis combien de temps suis-je ici?

– Un peu plus d'une semaine.

– Plus d'une semaine? répéta-t-il, incrédule.

– Assez longtemps, monseigneur, pour que Mr Jethro vous déclare mort, enterré dans les bois par les complices de Saviya et se fasse couronner marquis de Ruckley.

Le marquis se tut, frappé par la terrible nouvelle qu'il venait d'apprendre. Puis il se ressaisit et demanda :

– Pourquoi n'a-t-on pas entrepris de recherches pour me retrouver?

– Songez que si l'on vous avait ramené chez vous dans l'état où vous étiez, dit Saviya, votre cousin aurait abusé de votre faiblesse pour vous ravir vos biens.

– D'autre part, continua Hobley, si Mlle Saviya avait été vue chez vous, elle risquait d'être arrêtée et mise en prison.

– Où suis-je en ce moment?

– Vous êtes dans ma roulotte, répondit Saviya, bien caché dans la forêt. L'intérieur vous paraît sombre parce que mes compagnons l'ont dissimulée sous les branchages. Il est impossible de la distinguer au milieu des arbres, même de très près.

– C'est vrai, monseigneur, dit Hobley. Quand je suis arrivé à l'endroit que l'on m'avait indiqué, j'ai eu beaucoup de mal à la trouver.

– Et où est le reste de la tribu? s'enquit le marquis.

– Ils sont partis, et je ne sais pas où les trouver, dit Saviya. Vous pouvez imaginer que votre cousin n'entreprendra pas de recherches pour vous retrouver, ou me retrouver. Tout ce qu'il veut, c'est faire croire à tout le monde que vous êtes mort et que je me suis enfuie.

– Je ne lui permettrai pas de prendre ma place, s'écria le marquis, furieux.

Mais il était encore faible et ne tarda pas à s'endormir. Ce fut seulement deux jours plus tard qu'il parvint à rassembler dans son esprit tous les détails du drame.

– Le couteau que l'on a trouvé, dit Saviya, portait sur le manche des inscriptions gitanes. Votre cousin a dû se le procurer dans le cirque où il avait trouvé le cobra, ou bien chez un brocanteur de Londres.

– Mais il s'agit bien d'un couteau de gitan? demanda le marquis.

– La description en a été donnée dans les journaux, et mon père pense qu'il s'agit d'un modèle de dague espagnole que les gitans portent couramment.

– C'était un choix judicieux, qui a permis de faire porter tous les soupçons sur vous.

Hobley raconta au marquis combien son cousin était arrogant et autoritaire depuis qu'il s'était installé à Ruckley.

– Sir Algernon est retourné à Londres tout de suite après l'arrivée de Mr Jethro, monseigneur. Il m'a raconté qu'il avait entendu dire dans le village, par deux témoins de la scène, que vous étiez tombé dans un piège en traversant le bois et que vous aviez été ensuite poignardé par une gitane.

Hobley se fit presque admiratif en poursuivant :

– Ces deux hommes avaient apporté la corde comme preuve, et dirent qu'ils traversaient le bois pour chercher du travail dans l'une des fermes voisines. Ils avaient bien préparé leur histoire et il était difficile de les prendre en défaut.

– Je pense que Jethro veillait à ce que tout cela soit plausible, dit le marquis.

– Mr Jethro est très habile, monseigneur, ne vous y trompez pas.

– Mais j'en ai eu plusieurs fois la preuve. Continuez, Hobley.

– Sir Algernon n'a pu croire à la fable qu'on lui contait et d'après ce qu'il savait de Mlle Saviya, il refusa d'admettre qu'elle ait pu vous poignarder.

– Cependant, il ne tenait pas à être mêlé à cette affaire, observa le marquis.

– C'est évident, monseigneur. Par contre, le capitaine Collington a eu une discussion très violente avec Mr Jethro.

– Je l'imagine assez bien!

– Il est resté une nuit de plus, disant qu'au matin il entreprendrait des recherches. Effectivement, il est allé dans les bois, mais à son retour au château, Mr Jethro l'a chassé.

– Il a osé faire cela! s'exclama le marquis, au comble de la fureur.

– Oui, monseigneur. Il a déclaré qu'en qualité de nouveau marquis de Ruckley, il ne supporterait pas l'impudence d'un capitaine et qu'il n'avait pas l'intention de l'héberger plus longtemps sous son toit.

Le marquis était prêt à laisser exploser de nouveau sa colère, mais Saviya intervint :

– Vous avez promis de rester tranquille. Il faut vous reposer. Si vous n'écoutez pas calmement, nous ne vous en dirons pas plus.

– Vous cherchez à m'intimider? demanda le marquis.

– Je dis cela pour votre bien, répondit-elle.

Le front du marquis se dérida aussitôt et il lui sourit.

– Une fois de plus, je vous dois la vie, Saviya.

– C'est Mlle Saviya, monseigneur, qui a insisté pour que je ne m'installe pas ici. Elle a jugé préférable que je vienne vous voir de temps en temps.

– J'ai pensé que lorsque vous seriez mieux, Hobley pourrait ainsi vous tenir informé de ce qui se passe là-bas, expliqua Saviya. D'autre part, je ne pouvais pas vous soigner aussi bien que lui.

– J'ai simplement utilisé les plantes que nous donne la nature, dit Hobley.

– Je me sens assez bien maintenant, assura le marquis, pour aller à Ruckley affronter mon cousin et lui faire payer sa traîtrise.

Saviya et Hobley protestèrent.

– Vous ne bougerez pas d'ici avant d'être parfaitement remis, lui enjoignit Saviya. N'oubliez pas qu'il a essayé de vous tuer et qu'il est prêt à recommencer.

Elle paraissait si inquiète que le marquis s'apaisa :

– Je serai raisonnable. Je ne tenterai rien d'impossible. Je vous le promets.

– Vous ne pouvez pas savoir comme nous avons eu peur pour vous, murmura-t-elle avec tendresse.

Le marquis vit alors perler une larme dans ses yeux.

– J'attendrai, dit-il, mais quand je serai rétabli, je donnerai à cet imposteur une leçon qu'il n'oubliera pas de sitôt. Je saurai aussi faire la preuve de votre innocence, Saviya.

– Cela n'a guère d'importance, dit-elle. Le fait qu'une gitane soit une meurtrière ne surprendra pas.

– Personne à Ruckley ne pourra croire une chose pareille! affirma Hobley.

Elle lui sourit :

– Merci, monsieur Hobley, ce que vous me dites là me fait très plaisir.

– Jethro a-t-il déjà remplacé tout le personnel? demanda le marquis.

– Non, pas encore, monseigneur, mais il menace de le faire. Les administrateurs de vos biens lui ont dit qu'ils ne croiraient pas à votre mort tant qu'ils n'en auraient pas la preuve formelle. Le capitaine Collington leur a assuré qu'il y avait de fortes chances pour que vous soyez encore vivant.

– Le capitaine Collington n'admettra jamais que Saviya ait pu me tuer, et de plus, il a été le témoin oculaire des deux précédentes tentatives de meurtre de Jethro.

– Je crois qu'il a raconté tout cela en détail aux administrateurs.

Sur ces mots, Hobley tira sa montre de sa poche.

– Il faut que je rentre, monseigneur. Je dois être prudent au cas où Mr Jethro aurait des soupçons sur le but de mes escapades. Peut-être me fait-il suivre.

– Alors, partez tout de suite.

– Habituellement, je prends un chemin détourné pour venir ici, mais il est beaucoup trop long.

– L'exercice vous fera du bien, reprit le marquis en souriant.

– J'escaladerais les montagnes, monseigneur, pour vous voir de retour à Ruckley. Vous nous manquez beaucoup.

– Merci, Hobley. Je vous assure que ce ne sera pas long!

Chaque fois qu'il venait, Hobley apportait tout ce que pouvait contenir son panier : de la nourriture, quelques bouteilles des vins préférés du marquis, des baumes pour soigner sa blessure, du linge propre et tout ce qui était nécessaire à sa toilette.

A la vérité, les brosses à cheveux à manche d'or aux armes des Ruckley paraissaient quelque peu déplacées dans la modeste roulotte. Le marquis s'y plaisait pourtant beaucoup. Il y avait peu de place, mais tout était rangé d'une façon ingénieuse qui ne laissait pas de l'étonner.

Les murs étaient décorés de fleurs, d'oiseaux et de papillons, sur fond de couleurs vives, probablement à la manière russe.

Depuis que le marquis avait retrouvé ses esprits, Saviya ne restait plus à son chevet pendant la nuit.

Il pensait qu'elle retournait auprès de sa famille, ou qu'elle dormait dans le bois. Mais comme elle était très discrète, il évitait de la questionner.

Après le souper, ils parlaient un peu, puis elle disait simplement :

– Il est temps que vous dormiez, maintenant.

Il lui baisait la main et elle le laissait seul avec ses pensées. Quelquefois, il était si fatigué qu'il s'endormait avant son départ et ne se réveillait que le matin suivant lorsqu'elle lui apportait son petit déjeuner.

Hobley s'occupait de sa toilette le matin et revenait le voir deux ou trois fois dans la journée. Quelquefois, si Jethro n'était pas au château, il restait plus longtemps auprès du marquis, mais ces occasions étaient rares.

Tout cela constituait un mode d'existence nouveau pour le marquis qui n'avait jamais été aussi heureux. Il ne se sentait pas fatigué et jamais il ne s'ennuyait. Il lui arrivait de rester un long moment étendu, à regarder le visage de Saviya assise auprès de lui.

Sa beauté était comme certaines fleurs exotiques qui s'ouvrent un peu plus chaque jour pour révéler la richesse de leurs coloris.

Le marquis était dans ce refuge depuis un peu plus de deux semaines. Un jour, après qu'Hobley fut retourné au château, il dit à Saviya :

– Maintenant, je me sens assez fort pour affronter Jethro. Rien ne pourra m'arrêter.

– Vous êtes bien mieux, en effet, répondit-elle avec douceur.

– Hobley est très satisfait de la façon dont mes vertèbres se remettent et il retirera demain les pansements de ma blessure. Avant de quitter ce lieu idyllique, nous avons beaucoup de choses à nous dire, Saviya.

A ces mots, elle se raidit un peu et l'expression de son visage changea.

– Vous ne m'avez toujours pas expliqué pourquoi vous aviez décidé de partir le jour où vous m'avez saüvé des mains de ces assassins. Je vous ai répété combien je vous aimais, combien je vous désirais. Comment pouviez-vous me quitter, Saviya, sachant qu'il me serait presque impossible de vous retrouver?

Elle détourna son visage et hésita longuement avant de répondre.

– Je ne pouvais pas rester, cela aurait été mal.

– Mal pour qui? demanda-t-il, fâché. N'aviez-vous pas compris que je ne pouvais plus vivre sans vous, Saviya? Je le savais déjà, mais maintenant, j'en ai la plus ferme conviction. Comment pouvez-vous ignorer à ce point la force de mon amour? Comment pourriez-vous refuser un bonheur si complet?

Elle ne répondit pas et il s'aperçut qu'elle tremblait.

– Venez près de moi.

Elle s'approcha et, comme une enfant obéissante, elle s'agenouilla près de lui.

– Regardez-moi, Saviya.

Elle leva son visage vers le sien et le marquis décela dans son regard une certaine appréhension.

– Je vous aime, Saviya. Ne comprenez-vous pas que je vous aime?

– Je vous aime aussi... mais vous êtes un personnage si... important que vous ne pouvez épouser une gitane. Vos amis se moqueraient, s'éloigneraient de vous.

– Alors ils ne seraient pas mes amis. D'ailleurs, il n'y a que notre amour qui compte. Nous n'avons que faire de la société ou des fêtes à Londres. Nous pouvons rester à Ruckley ou voyager à l'étranger une partie de l'année. Je possède un bateau, nous irons où vous voudrez. Peu importe, pourvu que nous soyons ensemble.

Alors elle dit avec une note de lassitude dans la voix :

– Vous ne comprenez pas.

– Qu'est-ce que je ne comprends pas? demanda-t-il avec douceur.

– Vous ne pouvez pas ignorer des siècles de haine et de discrimination. Nous nous aimons, mais le fossé qui existe entre nous est trop grand pour que nous puissions nous rejoindre.

– Mais c'est ridicule! s'exclama-t-il. L'amour seul doit nous réunir et rien ne peut s'y opposer.

Le marquis la prit dans ses bras et la serra très fort contre lui.

– Rien au monde n'est plus fort que notre amour, dit-il.

Puis il posa ses lèvres sur les siennes. Il l'embrassa avec passion et comme par enchantement, il lui sembla que sa lassitude de convalescent l'abandonnait.

– Je vous aime, Saviya. Croyez-moi lorsque je vous dis que rien d'autre ne compte que l'amour que j'éprouve pour vous.

Il l'embrassa de nouveau et, comme elle tremblait, il la serra plus fort contre lui.

– Voulez-vous que nous partions ensemble aujourd'hui même et que j'oublie tout ce qui m'attache à Ruckley pour me consacrer entièrement à notre amour? Laissons Jethro devenir marquis de Ruckley et contentons-nous de nous aimer.

Saviya l'enlaça à son tour et lui offrit ses lèvres.

Puis, après un long baiser, elle se retira lentement de ses bras.

– Je vous aime, lui dit-elle, mais il vous faut encore du repos.

Le marquis protesta, mais elle mit un doigt sur ses lèvres pour lui imposer silence :

– Reposez-vous. Vous êtes encore fatigué et ce n'est pas le moment de prendre des décisions aussi importantes.

– Dites-moi seulement que vous m'aimez autant que je vous aime, supplia-t-il. Dites-le-moi, je veux l'entendre.

– Je vous aime, murmura-t-elle.

Cependant, il y avait une note de désespoir dans sa voix.

6

– Si Votre Seigneurie n'a plus besoin de moi, je vais me retirer, dit Hobley.

Le marquis, assis à l'ombre d'un arbre près de la roulotte, leva la tête.

– Je vous remercie, Hobley, je n'ai besoin de rien, mais n'oubliez pas de vous assurer que le colonel Spencer, le commissaire de police, viendra demain.

– C'est entendu, monseigneur.

– Et cela, sans éveiller les soupçons, ajouta le marquis. Je ne veux pas que l'on sache que je suis vivant avant que j'aie pu affronter Jethro.

– Tout cela est parfaitement clair, monseigneur.

– Alors, au revoir, Hobley, et merci encore.

– Au revoir, monseigneur.

Hobley prit le panier vide dans lequel il avait apporté les vivres, s'éloigna dans le bois, puis disparut.

Le marquis considérait l'endroit où il se trouvait comme une retraite idéale, un endroit où personne ne viendrait le chercher. La roulotte, entièrement recouverte de branches coupées, d'aubépines et de liserons, passait complètement inaperçue au milieu des arbres particulièrement touffus.

Le marquis se demandait s'il était déjà venu dans cet endroit, mais il ne s'en souvenait pas.

Cela faisait maintenant trois semaines qu'il était tombé dans le piège de son cousin.

Sa blessure était guérie et ses vertèbres cervicales le faisaient moins souffrir. Il avait récupéré toutes ses forces et était prêt à chasser Jethro.

– Il faudra que vous soyez fort pour affronter ces événements, lui avait dit Saviya.

– Je compte sur vous pour me donner du courage, au lieu de me gâter comme vous l'avez fait avec Hobley, pendant tout ce temps.

Après cette première journée passée dehors, le marquis se sentit assez fatigué et s'endormit tout de suite. Cependant, il devenait chaque jour plus résistant et faisait des promenades de plus en plus longues.

Saviya l'accompagnait dans ses randonnées et lui apprenait tout ce qu'elle savait sur les arbres, les fleurs et les animaux qui peuplaient les bois.

Elle lui conta d'étranges légendes gitanes sur les écureuils – les « Romen Morga » ou « chats gitans » – qui portent bonheur aux gens qui s'aiment, sur la belette qui porte malheur à la tribu...

Saviya raconta aussi comment les gitans des

Balkans capturaient de jeunes ours et les dressaient pour les faire danser et distraire les villageois.

Une chose amusa particulièrement Fabius : c'était les gitans qui avaient inventé les appâts pour la pêche à la ligne.

– Ils ont été les premiers à utiliser des appâts artificiels, dit Saviya, tels que les petits poissons de bois peint, dans lesquels ils dissimulaient leurs hameçons.

– J'ignorais tout cela!

– Mon père m'a appris, continua-t-elle, que les gitans d'Angleterre avaient inventé les mouches artificielles pour la pêche à la truite.

Tout cela intéressait beaucoup Fabius. Mais par-dessus tout, il désirait savoir pourquoi les gitans étaient si compétents en matière de chevaux.

– Nous ne disons jamais : « J'espère que vous vivrez heureux », lui répondit Saviya, mais plutôt « puissent vos chevaux vivre longtemps ».

– Tous les nomades ont vénéré le cheval. Souvenez-vous de Gengis Khan et des Mongols.

– Il est formellement interdit aux gitans de consommer de la viande de cheval, continua Saviya. D'ailleurs, ils sont persuadés que cela peut les rendre fous.

– Je pense que les gitans sont habiles à faire passer un vieux cheval pour un jeune, en lui communiquant l'énergie qui lui manque! dit Fabius, un éclair de malice dans les yeux.

Saviya se mit à rire.

– C'est vrai, et dans beaucoup de tribus, la magie a une part importante dans l'achat ou la vente des chevaux.

– Qu'en est-il de l'amour? Y a-t-il aussi une part de magie en amour?

– Beaucoup de gitans le pensent, mais pour moi, l'amour en lui-même est une chose magique.

– Pour moi aussi, ma chérie.

Il semblait au marquis que les connaissances de Saviya étaient sans limites, et plus ils parlaient, plus il la trouvait fascinante.

La cuisine qu'elle lui préparait – bien que Hobley apportât la plupart des vivres du château – lui paraissait très différente de celle dont il avait l'habitude. Des baies, des champignons, des aromates et des légumes sauvages constituaient la base de ses recettes confectionnées dans un simple pot qui chauffait sur un trépied posé à même le sol.

– Comment se fait-il que cette cuisine rustique soit meilleure que celle de mon chef qui me coûte si cher? demanda Fabius.

– Simplement parce que j'ajoute à la viande qu'apporte Hobley des légumes et des aromates fraîchement cueillis, répondit Saviya.

– C'est vraiment bon!

– Les gitans utilisent peu d'épices et très peu de sel. En fait, le seul condiment que nous aimions, c'est l'ail sauvage.

Quelquefois, le marquis se sentait comme un enfant qui réclame une nouvelle histoire. Il ne se lassait jamais d'entendre Saviya lui parler de sa vie de tous les jours et des coutumes de sa tribu. De plus, elle était si jolie qu'il ne pouvait détacher son regard de son visage ou de ses yeux qui semblaient receler tous les trésors du monde.

La force de son caractère et sa personnalité attachante, le surnaturel qui émanait d'elle en faisaient un être tout à fait exceptionnel.

Le soir, lorsque le dîner était terminé et que Hobley, après avoir aidé son maître à se coucher, était retourné au château, une longue conversation s'engageait entre eux. Saviya s'asseyait au bord du lit et, n'ayant pour témoins que les bruits de la vie nocturne qui leur parvenaient par la porte entrouverte, ils se disaient les choses les plus douces.

De temps en temps, le vent faisait courir les feuilles mortes et frissonner les arbres, ou bien la chouette poussait un cri inquiétant. A d'autres moments, ils étaient entourés d'une paix indicible.

– Vous me rendez vraiment heureux, ma petite Saviya.

– Si j'y parviens, ce sera pour moi un grand bonheur.

– Je n'avais pas encore découvert ce que c'était qu'être vraiment heureux.

Fabius prit sa main, la porta à ses lèvres et la sentit frissonner sous son baiser.

– Je ne demandais à la vie que plaisir et prestige, continua-t-il. Prendre part à des conversations brillantes, aller d'une soirée à une autre avec mes amis. Mais maintenant, je ne veux qu'une chose : vous avoir auprès de moi.

– Mais... si nous restons trop longtemps ensemble, peut-être finirez-vous par vous... lasser de moi, dit-elle timidement.

– Mon amour, mon amour! J'ai toujours aimé la compagnie d'une femme, et même si je n'étais pas très épris d'elle, je ne me lassais jamais de sa présence.

Il baisa une nouvelle fois la main de la jeune fille et ajouta :

– Je crois que j'ai souvent eu peur d'être seul.

– Et maintenant?

– Je sens qu'un monde nouveau s'offre à moi, un monde inconnu, dans lequel je vais vous découvrir et me découvrir aussi.

Saviya posa la tête sur l'épaule du jeune homme.

– Vous êtes aussi mon nouveau monde, dit-elle tendrement.

Alors il la prit dans ses bras et la serra très fort contre sa poitrine.

Assis dehors devant la roulotte, Fabius réfléchissait; il savait que Saviya était préoccupée. Il avait appris à la connaître et devinait, avant qu'elle ait dit un seul mot, les sentiments qu'elle éprouvait.

Elle avait peur du lendemain, de ce qui pourrait arriver lorsqu'il serait face à Jethro pour essayer de le chasser de chez lui.

Lui, au contraire, était impatient de le rencontrer. Il sentait monter en lui une violente colère qui lui donnait envie de se battre avec la plus grande férocité contre son cousin l'imposteur.

– Pourquoi êtes-vous inquiète, ma chérie? demanda-t-il à Saviya qui l'avait rejoint.

Elle s'approcha lentement et vint s'agenouiller près de lui.

– Je n'y peux rien, répondit-elle.

– Voyez-vous ce qui va arriver ou, simplement, éprouvez-vous une appréhension naturelle à l'approche de ma rencontre avec Jethro?

Elle sourit un peu tristement.

– Je vous aime si profondément que je ne peux plus envisager simplement votre avenir, mais je sens confusément que vous êtes... en danger. L'amour me rend aveugle : je ne suis plus une sorcière, mais seulement une femme.

Le marquis se mit à rire.

– Mais cela n'a rien de tragique, plaisanta-t-il. Je

veux que vous soyez une femme. Ma femme. Pour toujours. (Il se leva et la prit dans ses bras.) Croyez en moi, Saviya. Je sais ce dont nous avons besoin, vous et moi.

Alors, il l'embrassa et pendant ce bref instant ils furent emportés dans un monde qui ignorait la peur, la traîtrise, et ne connaissait que l'amour.

– C'est ma dernière nuit ici, dit-il. A partir de demain, nous ne nous quittons plus. Aussitôt que j'aurai chassé mon cousin et que mes bagages seront prêts, je vous emmène dans mon bateau au bout du monde!

Saviya murmura quelque chose et se blottit contre son épaule.

– Nous allons partir pour le reste de l'été et, à notre retour, toutes les langues que notre aventure aura déliées se seront tues, ou bien elles auront un nouveau sujet de conversation.

Il caressa longuement la chevelure de soie de Saviya et l'embrassa encore.

– Les gens diront ce qu'ils voudront, nous ne serons pas là pour les entendre. Nous traverserons la Manche et descendrons lentement les côtes de France. Je vous emmènerai d'abord en Espagne, Saviya. (Il l'enlaça de nouveau et dit :) Où que nous allions ensemble, nous trouverons le paradis, mon amour; mais je veux vous faire découvrir les plages dorées et les magnifiques palais espagnols. J'ai en Espagne beaucoup d'amis qui seront ravis de nous accueillir.

– Ils trouveront étrange que vous soyez accompagné par une gitane. Les gitans d'Espagne sont très pauvres.

– Connaissez-vous l'Espagne? demanda-t-il.

– Non, pas du tout.

– Alors, nous la découvrirons ensemble.

Le marquis, se rendant compte que Saviya n'était pas encore décidée, ajouta :

– Nous commençons une nouvelle vie ensemble, Saviya. Ce qui est passé ne doit pas ternir notre avenir.

Ils s'enlacèrent.

– Je vous aime, murmura-t-elle tendrement. Je vous aime passionnément et vous savez que tout ce que je désire, c'est votre bonheur.

– Mon bonheur est d'être avec vous, Saviya. Nous avons tant de choses à faire! Je veux vous emmener en Grèce, dans les îles de la Méditerranée... mais, qu'importe où nous irons! Vous tenez mon bonheur entre vos mains.

Il l'embrassa et l'embrassa encore, éperdument, pour lui faire oublier le grand fossé qui les séparait.

Le marquis aurait voulu la garder plus longtemps auprès de lui, mais elle insista pour le quitter, lui répétant qu'il avait beaucoup de choses à faire le lendemain. Finalement, il se rendit à ses instances, rentra dans la roulotte et se coucha.

Il dormit paisiblement, sans cauchemars, mais au contraire avec une sensation de bonheur qui dura jusqu'à son réveil.

Saviya avait déjà allumé le feu lorsque Hobley apporta les œufs frais et la motte de beurre qui provenaient de la ferme du marquis.

Il aida le marquis à s'habiller tandis que Saviya préparait le café et faisait cuire les œufs.

Comme le marquis descendait les trois marches de la roulotte, il remarqua que les joues de Saviya avaient rosi auprès du feu. Dans sa robe habituelle, elle ressemblait à une héroïne de théâtre qui tenait bien son rôle. Elle, qui était pourtant si naturelle en toutes circonstances!

Les œufs étaient cuits à la perfection, et grâce à certaines plantes qu'elle y avait ajoutées, il trouva ce déjeuner délicieux.

– Dites-moi, Hobley, s'enquit-il comme Saviya lui servait une seconde tasse de café, que doit faire ce matin Mr Jethro?

– J'ai remarqué, monseigneur, qu'il s'était levé assez tard, répondit Hobley.

– A-t-il beaucoup bu la nuit dernière?

– Oui, beaucoup, monseigneur. Deux de ses amis sont partis après minuit et un troisième reprenait la poste vers Londres au moment où je quittais moi-même la maison.

– Ainsi, il sera seul ce matin?

– Oui, monseigneur.

– C'est tout ce que je voulais savoir. Avez-vous fait préparer les chevaux?

– Je les ai amenés avec moi. Je les ai laissés à cinq cents mètres d'ici, environ. Il vaut mieux que les garçons d'écurie ne voient pas la roulotte.

– Vous avez raison, approuva le marquis. Maintenant, vous allez partir, Hobley. Allez chercher le commissaire de police et nous vous retrouverons au château dans une heure environ. Cela vous convient-il?

– Tout à fait, monseigneur.

Hobley s'avança sur le chemin et dit :

– Bonne chance, monseigneur. Tout le monde sera content de vous voir revenir.

– Merci, Hobley.

Le serviteur disparut et le marquis acheva son petit déjeuner, goûtant à tout ce que Saviya avait préparé avec un calme qui contrastait étrangement avec les événements violents qui se préparaient.

– Vous serez très prudent, dit soudain Saviya.

– Je serai prudent, en pensant à vous, sans cesse. Mais à vrai dire, que peut faire Jethro? Il a annoncé à tout le monde que j'étais mort et que vous m'aviez tué. Quand je serais devant lui, bien vivant, avec vous à mes côtés, il aura beaucoup de mal à faire croire pareille chose.

– De toute façon, je ne pense pas qu'il abandonnera sa position si facilement, dit Saviya.

– J'ai décidé, continua le marquis, de lui laisser l'alternative : ou bien je le fais condamner pour tentative de meurtre, ou bien il quitte le pays définitivement. (Il réfléchit un moment, puis ajouta :) Bien entendu, je préférerais la seconde solution, car la condamnation de Jethro serait un scandale qui rejaillirait sur toute notre famille.

– Je regrette que vous ne m'ayez pas écoutée lorsque je vous conseillais de demander au capitaine Collington de vous accompagner ce matin, dit Saviya en soupirant.

– Je suis loin d'être fier de la conduite de mon cousin et je tiens à limiter le nombre des témoins du règlement de cette affaire.

– Je comprends, murmura-t-elle.

– Dans le passé, il y a eu très peu de scandales chez les Ruckley. Mon père et mon grand-père étaient très respectés ici et à la Chambre des Lords où ils ont eu, en leur temps, beaucoup d'influence. Après ma mort, j'espère que l'on dira aussi du bien de moi.

Il remarqua alors que le visage de Saviya changeait d'expression : leur union ne serait pas de nature à rehausser le prestige des Ruckley, devait-elle penser.

Il prit la main de la jeune fille au moment où elle se détournait pour s'éloigner.

– Ne soyez pas désolée, mon amour, ma vie privée ne regarde que moi et je veillerai à ce que notre union ne soit connue de personne.

Mais, quoi qu'il en dise, il savait au fond de lui-même qu'il ne serait pas facile de dissimuler la présence de Saviya à Ruckley.

Il n'ignorait pas, d'autre part, qu'il ne pourrait la loger comme ses précédentes maîtresses dans un appartement élégant de Mayfair où il lui rendrait visite à sa convenance.

Il savait que de nombreux obstacles l'attendaient mais, pour le moment, il fallait les aborder un par un.

Quand il aurait réglé l'affaire Jethro, ils partiraient ensemble à l'étranger et, au retour, il aviserait.

Il essaya d'attirer Saviya à lui, mais elle se déroba.

– Il faut vous préparer, dit-elle. Nous devons partir dans quelques minutes et vous devez réfléchir un peu à ce que vous allez dire à votre cousin. Mais surveillez-le, je vous en supplie, monseigneur, surveillez-le bien.

– Je vous ai dit qu'il fallait me faire confiance, répondit-il. J'ai été soldat, vous savez, et j'ai appris à cette occasion qu'il ne fallait jamais sous-estimer un ennemi.

Les chevaux qu'Hobley avait amenés étaient les meilleurs de tous ceux que possédait le marquis. Tout en aidant Saviya à se mettre en selle, il lui dit :

– J'attendais avec impatience le moment de vous voir en selle, nous y voici.

Saviya ne pouvait cacher le plaisir qu'elle éprouvait à monter un pur-sang. Elle se tenait très droite et serrait les rênes dans ses mains avec fierté.

Les deux garçons d'écurie furent surpris de retrouver le marquis bien vivant alors qu'ils le croyaient mort et lui manifestèrent toute leur joie de le voir revenir à Ruckley.

Ils avaient leurs propres chevaux et lorsque le marquis monta en selle, ils l'imitèrent.

Ils éprouvèrent quelques difficultés à traverser le bois touffu mais finalement, ils atteignirent le parc.

Le château brillait comme un bijou dans le soleil matinal et les chaudes couleurs de ses briques roses contrastaient merveilleusement avec le bleu du ciel.

Saviya leva la tête vers les toits et vit que le drapeau flottait. Cela signifiait que le marquis était présent dans sa demeure. Fabius serra les dents pour contenir sa colère.

Ainsi Jethro tenait à faire connaître publiquement qu'il était le nouveau maître de Ruckley.

Ils traversèrent le parc, effrayant les biches qui se dispersèrent à leur approche, et arrivèrent sans se presser dans la cour, devant l'entrée principale.

« Jamais, pensa le marquis, ma maison ne m'a semblé si belle! »

Les lilas mauves et blancs commençaient à s'épanouir et l'on voyait partout des tapis de fleurs de toutes les couleurs. Les jonquilles étaient un peu passées, mais elles étaient déjà remplacées par les rhododendrons qui étalaient leurs teintes pourpres, roses et mauves au-dessus d'un parterre d'azalées jaunes au parfum délicat.

« Je dois reconquérir ma place pour jouir à nouveau de toutes ces merveilles », pensa-t-il.

Il se battrait de toutes ses forces pour empêcher Jethro et ses amis de détruire le petit paradis qu'était Ruckley.

Ils s'arrêtèrent devant la porte.

– Hobley n'est pas encore là, dit Saviya, nous devons l'attendre.

– Je n'attendrai personne! répliqua le marquis avec humeur.

C'était comme si tout à coup le calme avec lequel il s'était préparé à ce moment s'était changé en une fureur incommensurable.

Il descendit de cheval et aida Saviya à sauter à terre.

Elle l'exhorta à se montrer plus patient et à attendre le commissaire de police qui ne pouvait tarder, mais voyant qu'elle ne changeait rien à sa fureur, elle le suivit en silence comme il montait les marches du perron.

La porte s'ouvrit immédiatement et, tandis que les valets en livrée restaient coi devant cette apparition, Bush ne put cacher sa joie de revoir son maître.

– Monseigneur, vous êtes donc vivant!

– Bien vivant, comme vous voyez, dit le marquis.

– Nous étions tous persuadés, monseigneur, que vous n'étiez pas mort comme on nous l'avait dit, mais nous avions peur, très peur que vous ne reveniez pas.

– Eh bien, me voilà, dit le marquis. Où est Mr Jethro?

– Il est au salon, monseigneur, il vient de terminer son petit déjeuner.

Le marquis traversa le grand hall, suivi de près par Saviya. Un valet se précipita pour ouvrir la porte du salon.

Jethro se tenait au fond de la pièce, appuyé à la cheminée, et l'expression de son visage fit trembler Saviya.

Il ressemblait très exactement au visage qu'elle avait imaginé et décrit au marquis quand elle l'avait averti du danger qui le menaçait.

Ses cheveux très noirs, son long nez donnaient à Jethro un aspect si inquiétant, si sinistre, que l'on n'avait nullement envie de mieux le connaître.

Ses petits yeux dissimulés sous des sourcils épais étaient étrangement fuyants, mais c'était surtout l'expression cynique de sa bouche qui le rendait antipathique.

– Ainsi, vous êtes revenu? dit-il au marquis avant que celui-ci pût dire un mot. Je vous ai vu traverser le parc et me voici tout prêt à vous accueillir, mon cher cousin.

Le marquis s'avança vers lui.

– Comment avez-vous osé vous conduire de la sorte? commença-t-il d'une voix calme. Par trois fois vous avez essayé de me tuer, Jethro, et par trois fois vous avez échoué. Maintenant c'en est assez.

– Vous êtes né sous une bonne étoile, dit Jethro avec insolence. N'importe qui d'autre serait mort dès ma première tentative, mais par miracle, vous avez survécu.

– Oui, j'ai survécu, et je suis ici pour vous dire que vous n'aurez pas l'occasion de recommencer.

– Ainsi, vous comptez m'empêcher d'hériter? demanda Jethro. Mais je ne suis pas convaincu, cousin Fabius. Pas encore.

– J'ai bien peur que tous vos complots, si ingénieux soient-ils, ne soient devenus trop dangereux pour que je puisse les tolérer plus longtemps. J'ai donc décidé de vous proposer un choix.

Son cousin se mit à rire d'une manière fort déplaisante.

– Et que me proposez-vous? demanda-t-il, sur un ton particulièrement insolent. Allez-vous me faire pendre ou m'incarcérer dans un donjon?

– Rien de tout cela. Ou bien vous comparaîtrez devant un tribunal pour tentative de meurtre ou bien vous accepterez de partir pour le continent. Je subviendrai à vos besoins, Jethro, tant que vous n'essaierez pas de remettre le pied en Angleterre.

Jethro se mit à rire.

– Bien réfléchi, Fabius. C'est exactement le genre de compromis que j'attendais d'un gentilhomme tel que vous. Et vous espérez, bien entendu, que je vais m'empresser de choisir la seconde solution, afin d'éviter l'odieux scandale qui ternirait le nom de notre famille.

– Pour une fois, il semble que nous soyons d'accord, dit le marquis.

– Et croyez-vous vraiment que je vais vous laisser en possession de toutes ces propriétés et vous permettre de vivre des jours heureux avec votre gitane de maîtresse?

Le marquis se raidit tout à coup.

– Je vous prie de laisser Saviya hors de tout ceci, Jethro, vous l'avez suffisamment diffamée.

– Pensez-vous vraiment que moi, un Ruckley, je puisse m'abaisser à diffamer une gitane?

– Je vous ai déjà dit de laisser Saviya en dehors de cette discussion. Je ne suis pas ici pour parler d'elle, mais de vous, Jethro.

Saviya ne quittait pas Jethro des yeux. Il se tenait debout, immobile, face au marquis, les mains derrière le dos.

Elle savait qu'il ne s'inclinerait pas devant son cousin, qu'il n'accepterait pas facilement d'être vaincu, mais au contraire, qu'il se battrait jusqu'au dernier moment. Bien qu'il fût vil et mauvais, le sang qui coulait dans ses veines n'était pas celui d'un lâche.

– J'attends votre réponse, insista le marquis qui commençait à s'impatienter.

– Je vais vous la donner et elle sera claire, cousin Fabius; ainsi, il ne subsistera plus aucun doute sur mes intentions. Vous m'avez toujours méprisé, regardé de votre hauteur, vous ne m'avez jamais accordé la moindre attention, mais maintenant enfin, c'est moi qui détiens le pouvoir.

Le marquis leva simplement les sourcils en signe d'étonnement.

Alors Jethro enchaîna :

– Vous allez mourir, Fabius, comme je l'ai toujours souhaité. Le moment et le lieu sont bien choisis, vous mourrez ainsi de façon honorable et en accord avec la tradition familiale.

– Je ne comprends pas ce que vous voulez dire, Jethro. Arrêtez ce bavardage et répondez à ma question. Préférez-vous le jugement ou l'exil?

– Ni l'un ni l'autre, rétorqua Jethro. Je préfère rester ici et jouir de mon titre de sixième marquis de Ruckley.

Tout en parlant, il retira vivement ses mains qu'il cachait derrière son dos et Saviya poussa un cri d'horreur. Jethro tenait deux pistolets qu'il pointa en direction du marquis.

– Si vous me tuez, dit Fabius, sans rien perdre de son calme, vous serez pendu pour meurtre.

– Au contraire, je vous aurai tué en état de légitime défense.

Il y eut un instant de silence, puis Jethro reprit :

– Vous vous êtes jeté dans la gueule du loup, mon cher Fabius. Les serviteurs vous ont vus arriver et sont tous prêts à jurer que vous aviez l'intention de vous venger en gravissant les marches du perron. Ils auront sans doute entendu notre conversation, et quoi de plus facile à comprendre que vous perdiez votre sang-froid devant mon impertinence et que vous me tiriez dessus avec votre pistolet de duel?

Il y avait tant de venin dans le ton de Jethro que la gorge de Saviya se serra.

Elle comprenait maintenant l'erreur qu'ils avaient commise en venant au château sans armes, sans défense, affronter un homme plus dangereux qu'un cobra ou qu'un rat traqué.

– Vous pensez sans doute, reprit Jethro, que votre petite sotte de gitane pourra témoigner contre moi. Ne vous leurrez pas. La parole d'une nomade n'a aucun poids auprès de celle du sixième marquis de Ruckley.

Il y avait une note de triomphe dans sa voix et, emporté par sa démonstration, il continua :

– Vous m'avez fait peur, Fabius, en essayant de me surprendre, je ne le nie pas. Malheureusement, vous n'avez pas réussi. Désormais, mon plan est clair.

Il sourit à la manière du joueur qui a toutes les cartes dans son jeu.

– Comme je l'expliquerai aux magistrats, vous m'avez fait peur et comme je refusais d'accepter vos conditions ridicules, vous avez essayé de me tuer. Le pistolet dont le coup est parti sera placé dans votre main. Pour me défendre, j'ai tiré à mon tour et, comme j'étais meilleur tireur que vous, c'est moi qui ai gagné.

Alors qu'il mettait en joue le marquis, quelque chose d'inattendu se produisit. Au moment précis où son doigt allait appuyer sur la détente, un éclair d'acier traversa la pièce et alla se loger dans sa gorge.

Ce fut si rapide que le marquis ne comprit pas ce qui arrivait.

Jethro Ruck chancela, puis s'écroula.

A ce moment-là, un coup de pistolet retentit et la balle atteignit le plafond juste au-dessus de leurs têtes.

Pendant quelques instants, le marquis demeura figé, tellement il était surpris par ce qui venait de se passer. Alors, derrière lui, il entendit une voix et des bruits de pas qui traversaient la pièce.

Il tourna la tête.

– Colonel Spencer! s'exclama-t-il.

– Je suis heureux de vous voir vivant, mon cher Fabius.

– Avez-vous entendu notre conversation, commissaire? demanda le marquis.

– J'étais en train de me demander ce que je devais faire, répondit le commissaire. Il me semblait que si j'étais entré trop tôt, cela pouvait précipiter les choses et permettre à votre cousin de mener à bien son funeste projet.

– C'est moi qui ai lancé le couteau qui l'a tué, dit le marquis en serrant la main de Saviya pour l'empêcher de parler.

– C'était un cas de légitime défense, s'empressa de dire le commissaire, qui avait compris. Peu importe alors qui a tenu l'arme.

– Merci, commissaire. Je n'aurais pas voulu que

ma future épouse soit mêlée à cette méchante affaire.

Le marquis sentit alors la main de Saviya serrer la sienne.

– Mon cher Fabius, je crois, hélas, que l'heure n'est pas aux compliments, mais laissez-moi faire mon devoir et ensuite, nous fêterons cet heureux événement comme il convient.

– Je comprends. Voulez-vous que je fasse venir les serviteurs?

Le commissaire s'approcha alors du corps de Jethro et l'examina longuement.

Il n'y avait aucun doute, il était mort. Le sang commençait à se coaguler autour de sa blessure et un mince filet rouge scellait ses lèvres.

La dague avait été lancée avec adresse par Saviya. Elle avait percé la gorge de Jethro à l'endroit vital et avait pénétré profondément.

– Je suis navré que votre cousin soit mort de façon si violente et cela sous votre toit, dit le commissaire. Je me souviens de vous enfants, il me semblait que tout vous préparait à devenir de grands amis.

– Nous étions de grands amis, en effet, mais nous sommes devenus des hommes. Jethro était dévoré par la jalousie et l'ambition. Il ne pensait qu'à prendre mon titre et ma place.

– Hobley m'a raconté qu'il avait tenté plusieurs fois de vous tuer, dit le commissaire.

– Comme vous étiez l'ami de mon père, commissaire, pourriez-vous faire le silence sur cette affaire?

– Je ferai l'impossible, dit le commissaire. Etant donné que j'étais présent au moment du dénouement, mon témoignage devant la Cour devrait être suffisant. C'était en fait un duel d'honneur et les formalités légales seront négligeables.

– Après un duel d'honneur, le survivant entreprend un voyage de quelques mois à l'étranger, c'est la coutume, n'est-ce pas? J'ai l'intention de la respecter, commissaire, dit Fabius.

– C'est une bonne résolution, approuva le commissaire, et maintenant, je vous propose de prendre tout cela en main, Fabius. En qualité d'ami de la famille, je m'engage à ce que rien de ce drame ne sorte des murs de cette maison.

– Merci, colonel, dit le marquis. Je savais que je pouvais compter sur vous, que vous seriez le seul à comprendre cette affaire.

Tandis qu'ils se serraient la main, le commissaire ajouta :

– Ce que je voudrais avant tout, mon cher Fabius, c'est vous voir prendre la place qu'avait votre père, dans le comté. Je sais qu'un jeune homme qui a brillamment servi son pays dans les guerres à l'étranger a droit à quelques distractions que Londres seule peut offrir, mais il y a beaucoup de choses à faire ici.

Ses yeux fixèrent le visage du marquis, et il continua :

– Avec les nouvelles terres qui viennent d'entrer dans votre domaine, j'espère que Ruckley vous verra plus souvent.

Fabius percevait dans les propos du colonel une sincère préoccupation pour sa future position dans le comté et sentait que Saviya, dont il n'avait pas prononcé le nom, y était associée.

Le marquis avait conscience qu'elle lui avait une fois de plus sauvé la vie et que la seule place qu'elle pût occuper auprès de lui était celle d'épouse.

En pensant à elle, il se rendit compte qu'elle n'était plus dans la pièce et crut qu'elle était allée rejoindre le révérend. Il partit donc en direction de la bibliothèque et, comme il croisait un valet dans le couloir, il lui demanda :

– Où est Mlle Saviya?

– Elle est sortie, monseigneur.

Le marquis regarda le valet d'un air étonné et sans plus attendre s'élança vers la cour.

La voiture du commissaire était encore là et Hobley était en train de parler avec le cocher.

Hobley s'approcha de son maître.

– Où est Mlle Saviya? s'enquit le marquis.

– Elle est sortie il y a quelques minutes, monseigneur. Elle a pris le cheval sur lequel j'étais allé chercher le colonel Spencer et elle est partie en direction du bois.

– Faites-moi apporter un cheval tout de suite, ordonna le marquis.

Un valet courut aux écuries, tandis que Hobley regardait le marquis sans oser lui poser la moindre question. Il savait que quelque chose le tourmentait profondément et, le visage anxieux, retourna à pas mesurés vers la maison.

Quelques instants après, un valet apparut sur l'étalon noir du marquis.

A peine avait-il posé pied à terre et tendu les rênes au marquis que ce dernier était déjà en selle. Il fouetta son cheval et démarra comme une flèche en direction du bois. Il avait l'impression qu'une main d'acier lui broyait le cœur.

7

Le marquis accéléra l'allure de son cheval jusqu'à l'entrée du bois. Il n'avait aucune idée de l'endroit précis où se trouvait Saviya, puisque sa tribu avait changé de place. Les bois étaient immenses, et bien que cinquante personnes et leurs voitures ne fussent pas faciles à dissimuler, ses recherches pouvaient durer plus d'une semaine.

Il avait toujours pensé que Saviya le quitterait lorsqu'il serait complètement guéri et débarrassé de son terrible cousin.

Elle était assez fine et intelligente pour comprendre qu'une liaison entre une gitane et un marquis avait de fortes chances de ne pas durer. Le mariage et la vie en commun feraient naître des difficultés auxquelles il n'avait pas encore songé, mais que Saviya avait dû pressentir.

Elle n'avait pas dit sans raisons que la chose la plus terrible pour une gitane était d'être exilée de sa tribu. Parce qu'ils vivaient en communautés très unies, ils ressentaient l'exil comme les catholiques ressentent l'excommunication.

Le mariage de l'un d'entre eux avec quelqu'un d'une autre race était radicalement désapprouvé par toutes les tribus. Saviya avait même dit au marquis que dans certaines circonstances un mariage n'apportait pas seulement l'exclusion, mais que le « hors-la-loi », homme ou femme, était déchu de son appartenance à la race des gitans.

Quelquefois même, cet ostracisme s'étendait à l'ensemble de la famille et aux descendants des coupables.

Se souvenant de cette conversation, le marquis comprenait maintenant que le fait d'avoir dit en présence du commissaire qu'il allait prendre Saviya pour son épouse l'avait décidée à fuir.

– Comment pourrais-je la convaincre? se demanda-t-il. Comment pourrais-je lui faire comprendre que seul notre amour compte et que les lois tribales ou sociales ne constituent pas un obstacle?

Il se souvenait d'Eurydice et des propos qu'elle lui avait tenus avant de partir pour l'Amérique. Elle avait abandonné l'idée de devenir duchesse pour suivre l'homme avec lequel elle n'avait en commun qu'un grand amour.

Il avait ri à cette déclaration, ignorant alors qu'il pourrait se trouver un jour dans une situation semblable.

Il fallait qu'il retrouve Saviya et cela, très vite. Chaque minute comptait.

Les gitans étaient voués à l'errance. Des siècles de persécution leur avaient appris à se cacher dans les forêts les plus épaisses, les montagnes les plus inaccessibles, les vallées les plus profondes, si bien qu'il était presque impossible de les repérer.

Le marquis, qui conduisait son cheval à vive allure, arriva à l'endroit où il s'était caché pendant plus de trois semaines.

Il constata avec déception qu'il n'y avait plus la moindre trace de roulotte. Il chercha sur le sol des empreintes de roues qui pourraient lui donner une indication sur la direction à prendre, mais n'en trouva aucune.

Il alla ainsi au hasard, pendant une demi-heure, cherchant le moindre indice, puis arriva à une clairière.

Il comprit immédiatement que c'était de cet

endroit que la tribu était partie, car il y avait encore des traces de feux.

Là enfin, il trouva la première indication : une trace de roues. Elle conduisait vers le sud, mais les bois étaient si touffus dans cette direction, qu'il n'avait aucune chance d'y pénétrer.

« C'est sans doute là que les gitans se sont retirés pour se cacher », pensa Fabius.

Il aperçut ce qui semblait être un ancien chemin forestier, juste assez large pour permettre le passage d'une roulotte. Il le suivit, en essayant de maintenir une allure rapide, sans quoi il risquait de ne jamais revoir Saviya.

Cependant, au fond de son cœur, subsistait la sourde conviction qu'il ne pouvait la perdre, car elle était une part de lui-même.

Il continua à chevaucher, se sentant de temps à autre presque ivre et désorienté, comme si le bois l'étouffait. Il avait l'impression qu'il décrivait des cercles concentriques qui le ramenaient toujours au même endroit.

Mais tout à coup, alors qu'il commençait à perdre espoir, il les trouva.

Il y avait huit roulottes, toutes plus grandes et apparemment plus confortables que celle de Saviya. Il lui sembla que la tribu était sur le point de partir.

Les chevaux étaient déjà attelés, certains gitans tenaient déjà les rênes dans leurs mains, d'autres pliaient les tentes ou entassaient des objets à l'intérieur des roulottes.

Lorsque le marquis apparut, il se fit grand silence.

Il se tenait immobile sur son cheval, et tous ces visages sombres le regardaient sans comprendre.

Il y avait là un rassemblement étonnant de visages et d'expressions. Pommettes saillantes, yeux et cheveux noirs. Ils lui semblaient plus russes que tous ceux qu'il avait rencontrés jusque-là.

Le marquis s'avança un peu :

– Je voudrais parler à votre « voïvode », dit-il.

L'homme auquel il s'adressa ne répondit pas et se borna à montrer du doigt l'autre extrémité de la clairière.

Le marquis se dirigea vers l'endroit indiqué et vit une roulotte plus grande que les autres. Devant, un homme de forte stature parlait avec Saviya.

L'homme l'aperçut le premier, puis Saviya se retourna et le marquis remarqua l'expression de bonheur qui illuminait son visage.

Il descendit de cheval et s'approcha. Le voïvode, aussi grand que lui, portait des bottes montantes et un habit de couleur bleue. Sa veste était ornée de gros boutons dorés et il avait autour du cou une grosse chaîne d'or à pendentifs.

Le marquis avait entendu Saviya parler du « bâton » du voïvode appelé « bare esti robli rupui » qui était la seule partie subsistant d'un sceptre royal.

Ce sceptre était en argent massif et la poignée de forme octogonale était ornée d'un gland rouge. Sur le « bâton » était gravé le Semno : c'était le signe universel des gitans comportant les cinq chiffres rituels.

Le marquis tendit la main.

– Je suis le marquis de Ruckley, je suppose que vous êtes le père de Saviya.

– Je vous attendais, répondit le voïvode.

– Et cependant, vous étiez sur le point de partir?

Le marquis regardait Saviya et croyait déceler dans son regard implorant le désir de lui faire comprendre pourquoi elle l'avait quitté si brusquement.

– Qu'attendez-vous de nous? demanda le voïvode. Nous vous remercions de votre hospitalité mais maintenant, nous devons quitter vos bois.

– Je suis venu vous demander votre fille en mariage, dit le marquis sans se troubler.

– Vous voulez l'épouser?

Il n'y avait aucune surprise dans cette question, mais le voïvode sembla sonder en quelques secondes le caractère et la personnalité du marquis.

– Non, dit Saviya avant que son père pût parler. Non, c'est... impossible.

Alors, brusquement, le voïvode s'adressa à elle dans leur langue sur un ton autoritaire.

Le marquis ne comprenait pas un seul mot et pourtant le sens de ce discours ne lui échappait pas. Il la tançait, lui disant sans doute qu'elle n'était pas autorisée à donner son avis.

Saviya baissa la tête.

– Je suis désolée, père, répondit-elle en anglais.

– Nous allons en discuter, dit le voïvode au marquis et je voudrais que tu entendes ce que j'ai à dire, Saviya.

Il rassembla les membres de la tribu et leur parla. Il leur annonça sans doute qu'il avait décidé de reporter l'heure du départ, car tous se dispersèrent. Les hommes allèrent retirer les harnais des chevaux, et les femmes ravivèrent le feu qu'elles avaient laissé éteindre.

Le voïvode invita les deux jeunes gens à se rapprocher de la roulotte et s'assit sur les marches, alors qu'on apportait une chaise pour le marquis.

Celui-ci essaya de capter le regard de Saviya qui s'était assise dans l'herbe, afin de la rassurer, de la supplier de ne pas avoir peur, mais sa tête demeurait obstinément inclinée, en signe de soumission à l'autorité paternelle.

Elle était belle, mais semblait triste. Il avait envie de la réconforter en la prenant dans ses bras.

Un gitan s'approcha d'eux et offrit au marquis un verre de vin qu'il accepta volontiers.

Maintenant qu'ils étaient seuls, le voïvode demanda d'une voix grave :

– Vous voulez épouser Saviya?

– Oui, je veux qu'elle devienne ma femme.

Saviya gardait la même attitude.

– Je savais que cela arriverait un jour, prononça lentement le père.

Le marquis le regarda, très surpris.

– Saviya vous a expliqué, continua le voïvode, que les Kalderash ne sont pas seulement orfèvres, mais aussi devins. C'est cela qui m'a conduit dans ces bois.

– Vous voulez dire, demanda le marquis, que vous saviez d'avance que Saviya me rencontrerait et que nous nous aimerions?

– C'est une façon simple de le dire, mais c'est exact.

– Donc, vous m'accordez sa main?

– Toutefois, il y a quelque chose que j'entends révéler à Saviya avant son mariage.

Saviya leva la tête, surprise par ce qu'elle venait d'entendre.

– Vous ne savez rien de notre race, dit le voïvode au marquis, mais vous avez sans doute appris par Saviya qu'aucune gitane ne se serait comportée comme elle l'a fait depuis plusieurs semaines, allant chez vous pour consulter vos livres et appréciant votre compagnie.

– Mais j'ai fait tout cela avec votre permission, père.

– Je l'ai permis, continua-t-il, parce que je savais que c'était pour toi la seule chance de trouver un mari. Sans cela, peut-être n'en aurais-tu jamais trouvé.

Saviya ne comprenait rien.

– Mais pourquoi? demanda-t-elle.

– Parce que je n'aurais pu moi-même autoriser ton mariage avec l'un des nôtres.

Le marquis écoutait avec attention, mais ne comprenait pas plus que Saviya.

– J'ai une histoire à vous raconter, reprit le voïvode.

» Zindelo était fils du voïvode des Kalderash en Hongrie et leur tribu était sous la protection des plus nobles familles hongroises. Leur musique leur conférait un grand prestige et ils étaient très respectés.

» Ils étaient riches et très bien accueillis par les populations environnantes. Zindelo était considéré comme le jeune homme le plus séduisant de la région. Les grandes dames souriaient en le voyant, mais il était très fier d'avoir du sang gitan dans les veines, et il ne cherchait pas d'aventures hors de sa tribu.

» Parvenu à l'âge de vingt et un ans, il n'avait pas trouvé d'épouse et refusait tous les partis que son père lui proposait. C'est alors que le seigneur sur les terres duquel ils étaient installés fit venir une troupe de danseurs de Saint-Pétersbourg pour une représentation dans son théâtre privé. La plupart des danseurs appartenaient au Ballet impérial et parmi eux se trouvaient des danseurs et des chanteurs gitans très célèbres en Russie.

» L'une des gitanes s'appelait Tekla. Zindelo en tomba amoureux dès qu'il la vit.

» Ils se marièrent et elle ne retourna pas à Saint-Pétersbourg. La tribu parcourut tous les pays voisins, la Roumanie, l'Autriche, etc., car Zindelo, qui était maintenant voïvode, voulait faire découvrir le monde à sa jeune épouse.

» Ils séjournèrent aussi en Allemagne, et là ils eurent à souffrir quelques persécutions qui les décidèrent à partir pour l'Angleterre.

» Ils prirent la mer et mirent le cap sur Aberdeen. Ils étaient une trentaine environ, tous jeunes et vigoureux comme leur chef. Ils voulaient visiter l'Ecosse, puis descendre jusqu'à l'extrême sud de l'Angleterre où ils reprendraient le bateau pour le continent.

» Cela s'annonçait comme une merveilleuse aventure, mais hélas, le voyage fut très difficile.

» Zindelo et Tekla étaient alors mariés depuis trois ans, et avaient un enfant de quinze mois.

» Pendant la traversée, la santé du bébé se détériora, ainsi que celle de la mère. Il s'éleva une si violente tempête que le bateau faillit sombrer en pleine mer et, alors que Zindelo était comme vivifié par la fureur des vagues, Tekla, qui n'avait jamais été en mer auparavant, était malade et de plus en plus angoissée par l'état de son enfant.

» Quand ils atteignirent Aberdeen, Tekla était très faible. De son côté, le bébé avait refusé toute nourriture pendant le voyage et tous pensaient qu'il ne survivrait pas. De plus, Tekla était dans un état de nervosité qui confinait au délire, elle avait une forte fièvre et avait beaucoup maigri. Aussitôt débarqués, ils s'installèrent près de la côte. Le temps était maussade, mais l'air vivifiant. Ils commencèrent à visiter les environs pour chercher leur nourriture. La région, très giboyeuse, leur donna tout ce qu'ils pouvaient souhaiter et les soirées autour du feu de camp étaient joyeuses. On recommençait à chanter et à danser.

» Hélas! pendant ce temps, l'état de santé de Tekla s'aggravait et celui du bébé ne laissait plus beaucoup d'espoir.

» Un soir que j'étais assis auprès de ma tente, continua le voïvode, un homme de la tribu vint me dire qu'une femme voulait me parler. Elle se dissimulait dans la pénombre des arbres, à l'écart de la lumière du feu de camp. Elle était assez âgée et de grande taille.

» – J'ai quelque chose à vous dire, murmura-t-elle, mais il ne faudrait pas que l'on nous entende.

» Nous nous éloignâmes un peu du camp.

» – Qu'y a-t-il? demandai-je.

» – Je connais bien les gitans, me dit-elle. Malgré leur mauvaise réputation, ils aiment les enfants et sont bons parents. Je voudrais que vous preniez cet enfant et que vous l'éleviez comme l'un des vôtres.

» J'avais déjà entendu de surprenantes requêtes, mais celle-ci me laissa pantois.

» – Je suis désolé, lui répondis-je, nous sommes gitans et nous ne voulons pas d'enfants qui ne soient de notre race.

» – Si vous ne le prenez pas, dit-elle alors, il mourra.

» – Pourquoi? Est-il malade?

» – Quelqu'un veut le faire disparaître.

» Je la regardai avec stupéfaction.

» – C'est la vérité, affirma-t-elle. Cet enfant est celui d'un gentilhomme. La mère est morte en couches et le père est remarié.

» Elle parlait avec tant d'émotion que je ne pus douter de sa sincérité. Elle disait la vérité.

» – Et qui veut tuer cet enfant? demandai-je.

» – Le maître est remarié. Sa maîtresse voulait qu'il l'épouse dès le lendemain des obsèques de sa première femme. Elle-même a une fille née avant terme et les médecins l'ont prévenue qu'elle ne pourrait en avoir d'autre.

» – Est-ce un drame? demandai-je en plaisantant. N'y a-t-il pas assez de femmes dans le monde?

» – En Ecosse, reprit-elle, s'il n'y a pas de garçon dans la famille, c'est la fille aînée qui hérite.

» Je commençais à comprendre ce que cette femme voulait dire.

» – Ainsi, vous prétendez que la nouvelle épouse de votre maître veut faire tuer cet enfant afin que sa propre fille puisse hériter?

» – Elle la tuera, soyez-en sûr, répondit la vieille femme. Ce soir même, je l'ai trouvée dans la nursery un oreiller dans les bras. Si je n'étais pas arrivée à temps, elle l'aurait étouffée.

» – C'est triste, très triste, dis-je, mais je crains de ne rien pouvoir faire pour elle. Si j'acceptais l'enfant d'un Gorgio, les gens croiraient que je l'ai volé.

» – Je vous en prie, supplia la femme, je vous en prie, épargnez-lui la mort, acceptez-la. Quelqu'un m'a dit hier qu'elle avait le teint d'une gitane. C'est pourquoi j'ai eu l'idée de vous l'apporter. Personne ne fera la différence avec les enfants de votre tribu.

» Elle découvrit alors le visage du bébé. C'était une petite tête aux cheveux très noirs et très épais pour son âge.

» Je le regardai et je fus très peiné dc ne rien pouvoir faire pour le sauver.

» Tout à coup, j'entendis un cri perçant qui venait de ma tente. Je me retournai et courus : c'était ma femme qui m'appelait. Elle était assise dans son lit et délirait. Je la pris dans mes bras.

» – Qu'y a-t-il? Que se passe-t-il, Tekla?

» – J'ai fait un rêve, cria-t-elle. J'ai rêvé que Saviya était morte. Morte!

» Elle hurlait ces mots et tremblait comme une feuille.

» Je décidai de lui administrer une potion préparée à son intention, qui la calma presque aussitôt.

» – Ce n'était qu'un mauvais rêve, Tekla, lui dis-je. Essaie de dormir.

» – Promettez-moi de surveiller Saviya, supplia-t-elle.

» – Je te le promets. Pour le moment elle dort et ton cri ne l'a même pas réveillée.

» Je l'aidai à se recoucher. Avant de sortir, j'allai voir notre fille qui était couchée dans son berceau de l'autre côté du lit. Elle était morte. »

Le marquis observait Saviya qui n'avait pas dit un mot depuis le début du récit. Elle buvait des yeux ses paroles.

Le voïvode raconta comment il avait emporté dans ses bras son bébé mort, se demandant comment il allait annoncer la nouvelle à son épouse.

Celle-ci était déjà mentalement affectée par la fatigue du voyage et la maladie de son enfant.

– Je compris alors, continua-t-il, que le destin

venait de m'apporter une réponse. Je retournai vers la vieille femme.

– Vous avez substitué un enfant à un autre? s'exclama le marquis.

– Cette femme procéda à l'échange de leurs vêtements et ce faisant, me fit remarquer leur ressemblance. Toutes deux étaient de petite taille et avaient les cheveux très noirs.

– Je vous avais bien dit que cet enfant ressemblait à une gitane, me dit-elle.

Je pris alors l'enfant vivant dans mes bras, tandis qu'elle tenait mon enfant mort.

– Mais votre femme n'a-t-elle pas remarqué de différence?

– Sa maladie se prolongea quelque temps et comme je pensais que le climat était meilleur dans le Sud, nous quittâmes l'Ecosse immédiatement. De plus, la nouvelle Saviya était constamment dans mes bras, ainsi, tout le monde crut qu'il s'agissait de mon bébé. Ensuite, nous sommes retournés sur le continent et j'ai moi-même oublié très vite que cet enfant n'était pas le mien.

– Ainsi, je ne suis pas... votre fille? murmura Saviya.

– Pas de mon sang, répondit le voïvode. Mais tu sais que tu l'as toujours été dans mon cœur.

Le visage de Saviya devint très pâle.

– Je n'arrive pas... à y croire, dit-elle en sanglotant. Je ne peux croire que je n'appartiens pas à votre race.

– Maintenant, tu comprends pourquoi il t'était impossible d'épouser un membre de notre tribu. Notre race doit demeurer pure et malgré l'amour que nous avons pour toi, tu restes une Gorgio!

– Comment... pouvez-vous dire cela après tant

d'années? bredouilla Saviya qui pleurait toujours.

– Tu sais bien que c'est notre loi, Saviya, et que nous ne pouvons faire aucune exception.

Le marquis ne voulait pas intervenir. Il pensait que ce débat devait rester entre Saviya et le voïvode. Celui-ci s'adressa alors au marquis :

– Vous désirez épouser Saviya. Comme je ne veux pas avouer à ma tribu que je les ai trompés pendant tant d'années, je vous demande de l'épouser selon le rite de notre tribu. Pour ce faire, vous deviendrez mon frère par l'échange du sang.

– J'ai entendu parler de cette cérémonie, dit le marquis.

– Cela se fait rarement et ce n'est pas toujours accepté, mais exceptionnellement, je vous présenterai à la tribu, et ensuite, vous serez mariés.

Il s'adressa à Saviya en souriant :

– Avant la cérémonie, nous devons procéder à quelques préparatifs.

Et se tournant vers le marquis, il ajouta :

– Rentrez chez vous, monseigneur, et revenez un peu plus tard dans la soirée.

– Me permettrez-vous de participer aux frais de cette fête? demanda le marquis.

– C'est entendu, nous acceptons volontiers, dit le voïvode en s'inclinant.

Le marquis resta quelques instants avec Saviya, pas trop longtemps cependant pour ne pas contrarier les coutumes qui précèdent les cérémonies de mariage dans la tribu.

– Je ne peux pas croire ce que mon père vient de nous annoncer, lui confia-t-elle d'un air misérable. Je suis gitane, je l'ai toujours été.

– Cependant, il a dit la vérité! s'exclama le marquis.

Il s'approcha d'elle et la rassura gentiment :

– N'ayez pas peur, mon amour. Tout s'arrangera. Ce qui importe, c'est que nous puissions nous marier.

– Voulez-vous toujours... de moi? sanglota-t-elle.

– Quelle question! Je vous aime, Saviya, et ce soir, vous serez ma femme.

Il serra sa main dans la sienne, y déposa un baiser, puis monta sur son cheval et s'éloigna au galop.

Le voïvode rassembla alors toute la tribu et annonça la nouvelle : ce soir, Saviya épouserait un Gorgio.

Il était près de 10 heures quand le marquis traversa le parc dans son phaéton. Il était vêtu aussi élégamment que pour une réception à Carlton House.

L'après-midi avait été très chargée en tâches diverses. Il avait fait envoyer un message à son ami Collington pour lui annoncer qu'il était vivant et qu'il allait épouser Saviya; puis il avait fait apporter au camp plusieurs caisses de champagne et une quantité considérable de nourriture.

Il se sentait très heureux en roulant en direction du bois où se cachait son bonheur.

Deux gitans en grande tenue l'attendaient à l'entrée de la forêt pour le conduire à pied sur les lieux de la cérémonie. Un grand feu était allumé au centre de la clairière, et les roulottes étaient disposées tout autour, à l'exception de celle de Saviya qui se trouvait un peu à l'écart.

Les gitans étaient tous rassemblés autour du voïvode. Ce dernier, très élégant dans son costume de fête brodé d'or, tenait dans la main son bâton de chef. A côté de lui, debout, immobile et silencieuse, se tenait Saviya.

Elle portait une robe magnifique et dans ses cheveux on voyait briller les diamants d'un diadème. Un collier de pierres de différentes couleurs ornait son cou et autour de sa tête de fins rubans multicolores, en retombant sur ses épaules, formaient une sorte de voile.

Lentement, le marquis s'avança vers le voïvode. Il remarqua que la cassette garnie de pièces d'or qu'il avait fait envoyer dans l'après-midi se trouvait près de lui, sur une petite table.

Le chef lui dit à haute voix :

– Vous voulez épouser ma fille qui appartient à la tribu et à la noble race des gitans?

– Je vous ai en effet demandé sa main, répondit le marquis.

– Je ne peux donner ma fille unique à un Gorgio, continua le voïvode, mais êtes-vous prêt à devenir l'un des nôtres, à devenir mon frère par l'échange du sang?

– Ce serait un honneur pour moi! répondit le marquis.

Le voïvode répéta dans sa langue tout ce qui venait d'être dit, puis, prenant la main du marquis dans la sienne, il lui fit une légère incision au poignet avec son canif d'argent. Quand le sang apparut, il incisa son propre poignet puis le pressa contre celui du marquis.

A ce moment, il proclama les nouveaux liens qui les unissaient, disant que ce dernier devait dès ce jour vivre selon les lois des gitans.

Quand cette cérémonie fut achevée, Saviya vint se placer à côté du marquis, face à son père, et les deux jeunes gens joignirent leurs mains.

Le voïvode prononça quelques mots, puis un homme de la tribu lui apporta une poignée de brindilles.

– Ces brindilles, dit le voïvode, proviennent de sept arbres différents.

Il fit une prière, puis brisa les brindilles une par une et les dispersa au vent.

– C'est la signification même du mariage, reprit-il. Vous ne devez pas briser votre promesse de fidélité l'un à l'autre avant que l'un de vous disparaisse. Comme mari et femme, vous aurez à donner et à partager. Saviya, va chercher le pain, le sel et l'eau.

La jeune fille déposa tout cela devant le voïvode qui souleva la cruche et invita le marquis à boire.

Saviya but à son tour et quand ils eurent fini, le voïvode prit la cruche et la brisa sur le sol.

– Vous vivrez autant d'années de bonheur que cette poterie a produit de morceaux en se brisant. Prenez-en un morceau chacun et gardez-le bien précieusement, car si vous venez à le perdre, la misère, la solitude et l'affliction s'abattront sur vous.

Le voïvode reprit alors son canif d'argent, incisa le poignet de Saviya, puis celui du marquis et, lorsque le sang apparut, les joignit et les attacha avec un fil de soie auquel il fit trois nœuds.

– Le premier de ces nœuds est le symbole de la fidélité, le second celui de la fertilité, le troisième celui de la longévité.

Alors, il coupa deux morceaux de pain et les leur tendit. Lorsqu'ils eurent mangé, le voïvode dénoua le fil de soie.

– Gardez ce fil. Il est là pour vous rappeler que vous êtes unis pour la vie.

A ces mots, les gitans rassemblés autour de lui, et qui avaient jusque-là écouté en silence, poussèrent un cri d'allégresse. Aussitôt, les musiciens commencèrent à jouer un air gai et entraînant.

Le voïvode conduisit les époux près du feu. Tout autour étaient disposés des sièges et des coussins.

Les hommes s'assirent et les femmes commencèrent à apporter les mets et les boissons.

En plus de ce qu'avait envoyé le marquis, elles avaient préparé de la viande assaisonnée d'épices, de miel et de noix, que le marquis apprécia beaucoup. Le vin était servi dans des gobelets d'or sertis de pierres fabriqués par les gens de la tribu.

Tous mangeaient, buvaient, parlaient et paraissaient enchantés de cette fête. Seule Saviya demeurait silencieuse.

Le marquis prit sa main et la porta à ses lèvres. Il voulut lui dire quelque chose, mais les gitans commencèrent à chanter et il y renonça.

Les voix mélodieuses allaient crescendo et produisaient une sorte de vibration que les arbres de la forêt renvoyaient.

La nuit commençait à tomber et la lune montait dans le ciel où brillaient déjà plusieurs étoiles.

Les visages aux pommettes saillantes que le feu éclairait d'une étrange lueur, les voix s'élevant dans la nuit et la musique des violons qui les accompagnaient, tout cela constituait un spectacle grandiose et inoubliable.

Les femmes commencèrent à danser avec la même grâce et la même perfection que Saviya devant le temple grec.

Tantôt violentes, tantôt sensuelles, tantôt joyeuses, ces danses faisaient battre le cœur du marquis de plus en plus fort.

La musique et les voix s'amplifièrent. Le voïvode dit alors aux époux :

– Partez maintenant.

Saviya tendit les bras vers son père.

– Vous reverrai-je jamais? murmura-t-elle.

– Je ne le crois pas, répondit le voïvode. Mais tu auras dans mes pensées et dans mon cœur la place que tu y as toujours eue.

Il la serra dans ses bras un long moment, puis la rendit au marquis :

– Elle est à vous, prenez-en soin.

– Je vous le promets, dit Fabius.

Les deux hommes se serrèrent la main et Saviya conduisit son époux vers sa roulotte.

Deux chevaux blancs y étaient attelés. Le marquis s'assit au poste de conduite, mais il n'y avait pas de rênes, car l'attelage était mené par deux gitans qui allaient à pied.

Les violonistes se placèrent en tête et les femmes suivirent, portant des paquets et des paniers.

Avant que la roulotte ne pénétrât dans le bois, le marquis se retourna et vit la silhouette du voïvode dressée devant le feu. Tel un roi, majestueux et solitaire, il regardait s'éloigner l'enfant qu'il chérissait depuis tant d'années.

Ils s'engagèrent encore un peu dans la forêt puis brusquement s'arrêtèrent.

Les chevaux furent dételés et les femmes entreprirent d'allumer un feu.

Celles qui portaient les paquets les déposèrent sous un arbre, le plus loin possible du foyer.

Elles disposèrent des tapis sur le sol et les parsemèrent de pétales multicolores qui emplissaient leurs paniers. Alors elles se mirent à danser autour du feu, lentement d'abord, puis de plus en plus vite.

Dans la lumière des flammes leurs corps étaient d'une beauté primitive et cette cérémonie n'était pas sans évoquer les danses rituelles des premiers âges.

Tout en dansant, elles se rapprochèrent des arbres. Les musiciens les suivirent sans cesser de jouer et tous disparurent dans l'obscurité de la forêt.

Saviya descendit alors de la roulotte et s'approcha du feu. Fabius la rejoignit.

Les dernières notes des violons se fondirent dans l'air du soir, puis ce fut le silence.

– Avez-vous remarqué, demanda Saviya, qu'ils ne m'ont pas... regardée? Bientôt ils ne me parleront plus.

Elle paraissait si désespérée que le marquis passa son bras autour de sa taille fine et la serra contre lui.

– Je ne suis... plus personne, murmura-t-elle. Je ne suis même plus sorcière.

– Vous êtes ma femme et vous m'avez ensorcelé. Je suis prisonnier du sort que vous m'avez jeté et je ne pourrai plus m'en libérer.

– Etes-vous certain... que cela soit suffisant? J'ai si peu de choses à vous donner! Je crois que je ne me connais pas moi-même.

– Mais moi, je vous connais! Je sais que vous êtes tout ce que j'attendais d'une femme, d'une épouse. Vous êtes tout ce que je suis capable d'aimer et de vénérer jusqu'à mon dernier jour.

Ces mots la firent tressaillir légèrement. La musique reprit, douce comme le vent léger, et Fabius prit la jeune fille dans ses bras.

Il la serra contre lui et l'embrassa. Comme si ce baiser avait réveillé en eux un feu qui couvait, leurs lèvres restèrent jointes un long moment.

Tandis que la lune montait dans le ciel, très haut au-dessus des grands arbres, ils s'allongèrent tous deux sur le lit de pétales, et le silence ne fut plus troublé que par le murmure des mots d'amour qu'ils échangèrent.

8

Le marquis se leva sans bruit pour ne pas réveiller Saviya. Son visage avait une expression de bonheur qui la faisait ressembler à un enfant.

Aucune femme au monde ne lui avait jamais semblé plus douce ni plus séduisante. Rien n'était plus beau à ses yeux que ce visage serein, ce corps figé par le sommeil dans une position gracieuse et ces cheveux de jais qui recouvraient son épaule d'ivoire.

Ils étaient rentrés dans la roulotte juste avant l'aube, chassés par le vent frais qui avait rompu la douceur de la nuit. Cette nuit passée à la belle étoile, le marquis ne l'oublierait pas.

La lune éclairait le corps de Saviya d'une lumière magique qui la rendait semblable à une déesse de la nuit. Le désir qu'ils avaient l'un de l'autre les avait transportés au faîte de l'extase dans un monde qui n'était pas encore celui des dieux, mais qui n'était plus celui des hommes.

Il enfila sa robe de chambre et descendit les marches de la roulotte. Le soleil brillait maintenant sur la petite clairière et il se rendit compte qu'il se trouvait dans une partie du bois qu'il ne connaissait pas.

Tout près de là, il aperçut un petit étang bordé de saules et de sapins dont les longues branches retombaient dans l'eau calme. Tout autour les boutons-d'or et les iris sauvages formaient une couronne d'or contrastant joliment avec le vert jade des lichens qui recouvraient le pied des arbres.

Auprès du feu que Hobley avait déjà rallumé, se trouvait le lit de fleurs que les femmes avaient préparé la veille. Jeté négligemment dessus, brillait le collier que le marquis avait enlevé à Saviya. Il avait ensuite défait ses cheveux de soie qui embaumaient et elle avait tressailli au contact de ses mains d'homme sur son jeune corps. « Le lit du bonheur », pensa le marquis.

– Bonjour, Hobley, dit-il.

– Bonjour, monseigneur.

– Avez-vous eu du mal à nous trouver?

– Cela m'a pris quelque temps, monseigneur, mais je n'ai pas oublié votre vin pour le déjeuner. Je l'ai mis au frais au bord de l'étang.

– L'eau est-elle froide?

– Pas trop, monseigneur.

– Alors, je vais aller me baigner.

Il retira sa robe de chambre et pénétra dans l'eau qui était à une température agréable, mais plutôt fraîche.

Après son bain, Hobley le rasa et, n'ayant plus rien à faire, s'en retourna à Ruckley.

Le marquis resta un moment à contempler le feu, puis se leva et remonta dans la roulotte.

Il s'assit au bord du lit et admira longuement Saviya, toujours endormie.

Elle ouvrit enfin les yeux. Son visage s'éclaira dès qu'elle vit Fabius. Elle s'empressa de passer les bras autour du cou de son mari avec un murmure de satisfaction.

– Mais... je ne rêve pas! dit-elle. J'ai cru dans mon sommeil que la soirée d'hier n'était qu'un songe merveilleux.

– Es-tu heureuse, ma chérie?

– Je ressens un bonheur que je croyais inaccessible. Je ne savais pas que l'amour pouvait permettre de l'atteindre.

Leurs lèvres se joignirent et quand il sentit contre lui la douceur de sa peau, il l'embrassa si passionnément qu'ils oublièrent tout pour ne penser qu'au bonheur d'être ensemble.

Un long moment après, Saviya sortit de la roulotte et se précipita vers le feu.

– Tu dois avoir faim, mon amour. Il n'y a que les mauvaises épouses pour laisser leur mari mourir de faim!

– J'avais faim d'autre chose que de nourriture, dit-il en souriant, ce qui fit rougir Saviya.

Elle s'empressa de casser les œufs que Hobley avait apportés et les fit frire.

Elle n'ignorait pas que le marquis l'observait pendant qu'elle accomplissait ces gestes quotidiens. Elle ne portait qu'un très léger peignoir de soie et ses cheveux défaits retombaient sur ses épaules avec une grâce infinie.

– Tu m'intimides, lui dit-elle.

– Je t'aime bien plus encore lorsque tu es intimidée!

Elle le servit et il mangea tout ce qu'elle lui avait préparé.

Comme elle s'apprêtait à ranger les assiettes et la poêle, il lui dit :

– Laisse tout cela, Saviya, et viens. Hobley s'en occupera.

Elle lui répliqua avec un sourire :
– Tu me donnes des ordres!
– Bien sûr. Me désobéirais-tu?
– Que ferais-tu si je te désobéissais?
– Je t'enfermerais dans la pièce la plus isolée de mon château et je te torturerais jusqu'à ce que tu te soumettes. Je t'aime jusqu'à la démence, mon amour, mais je serai ton maître!

Elle le regarda, indécise, se demandant s'il plaisantait ou s'il était sérieux.

– Viens ici, ma chérie, dit-il avec douceur.

Elle se jeta dans ses bras, comme un enfant qui demande protection.

Pendant une bonne partie de la journée, ils restèrent au soleil à parler de leur amour et de leurs projets.

Quand la chaleur devint trop forte, le marquis parvint à persuader Saviya d'aller se baigner dans l'étang.

Il la regarda s'éloigner vers la rive, admirant la perfection de son corps d'ivoire qui s'offrait sans réticence aux eaux limpides. C'était comme si elle appartenait à la forêt, aux lumières et aux ombres qui en font tout le mystère.

Elle sortit de l'eau, toute ruisselante de gouttelettes d'argent. Il ne put s'empêcher de la serrer dans ses bras.

– Je suis sûr maintenant que tu es une nymphe des bois et que si je ne te garde pas près de moi, tu disparaîtras comme la brume du matin et je te perdrai pour toujours.

Elle se blottit contre lui et il l'embrassa, d'abord tendrement, puis avec plus de passion et enfin, l'emporta vers le lit de fleurs sur lequel ils avaient passé la nuit.

Un peu plus tard, alors que le soir tombait, il lui dit :

– Il faut partir, ma chérie.

– Partir? Mais où? demanda Saviya.

– Chez nous, répondit-il. Nous devons nous marier.

– Mais nous sommes mariés!

– C'est vrai, nous le sommes, mais je veux aussi que nous soyons mariés selon les lois anglaises et que nous recevions la bénédiction de l'Eglise, de mon Eglise qui, je l'espère, sera la tienne.

Elle resta silencieuse pendant un long moment, comme si elle cherchait ses mots, puis elle dit :

– Tu sais bien que la cérémonie du mélange des sangs qui a eu lieu hier est sacrée, et qu'elle nous unit de façon indissoluble. Tu sais qu'après cela je ne peux appartenir à un autre que toi. As-tu ressenti cela aussi? demanda Saviya avec anxiété.

– Je ne vois pas la différence.

– Pourtant il y en a une, s'écria-t-elle. Tu ne reconnais pas les lois des gitans qui pour moi demeurent sacrées, même si je ne suis plus des leurs. Et à cause de ta position sociale, parce que tu es un personnage important, il vaudrait mieux que tu épouses, si tu le désires, une femme de ton rang.

– Tu es une femme de mon rang. Nous sommes tous deux bien nés. J'en ai toujours été persuadé, bien avant que le voïvode nous raconte ton histoire.

Il prit le visage de Saviya dans ses mains et la força à le regarder.

– As-tu oublié, lui demanda-t-il, que le voïvode a dit que tu étais la fille d'un aristocrate?

– Je n'ai toujours pas de nom. Je n'existe pas, répondit-elle désemparée. Je resterai avec toi parce que je t'appartiens, mais il vaut mieux que nous ne nous mariions pas selon la loi anglaise. Je ne voudrais pas que tes amis méprisent la marquise de Ruckley.

– Personne ne te méprisera tant que je serai là, promit le marquis fermement.

– Je ne pourrai jamais oublier la façon dont ton cousin m'a traitée. Il ne faisait que proclamer à haute voix ce que tes amis penseront.

– Je te l'ai déjà dit et je le répéterai encore, les propos tenus à mon sujet m'importent peu. Je t'aime, je t'honore, et je te respecte comme mon épouse. Je ne pouvais souhaiter une épouse plus parfaite que toi.

Il vit alors son visage changer d'expression et il ajouta :

– Il est inutile de discuter de cela, Saviya. Tu as obéi au voïvode, et maintenant tu m'obéiras. Tu es à moi, et c'est à moi qu'il appartient de prendre les décisions qui nous concernent.

– Je ferai... tout ce que tu exigeras de moi, dit-elle humblement.

Il la prit dans ses bras et la serra très fort contre lui. Il comprit que désormais elle lui appartiendrait, quoi qu'il arrive.

Ils s'habillèrent et se dirigèrent vers le phaéton qui les attendait.

Il aida Saviya à monter et prit les rênes des mains du valet qui monta à l'arrière.

Le marquis conduisit lentement jusqu'à la lisière de la forêt, puis il fouetta vivement les chevaux et les mena à travers le parc avec une maîtrise qui éblouit sa jeune épouse.

Il se souvint qu'elle avait apprécié les chevaux de ses écuries et se promit qu'à leur retour de voyage il lui en achèterait quelques-uns qui lui appartiendraient en propre. Il connaissait ses goûts et savait qu'un cheval arabe conviendrait tout à fait.

Le château de Ruckley était magnifique dans le soleil de l'après-midi. Déjà l'ombre des arbres s'étirait sur les pelouses, au milieu desquelles les massifs de fleurs faisaient de grandes taches multicolores. La maison elle-même ressemblait à un bijou scintillant dans cet écrin de verdure.

Le drapeau flottait au faîte de la toiture et Saviya ne put s'empêcher de sourire en le voyant.

– C'est ton drapeau, dit-elle, se souvenant de sa colère lorsque Jethro avait eu l'audace de le hisser en son absence.

– Notre drapeau, rectifia-t-il. Sur notre toit, ma chérie.

– Est-ce que je possède vraiment une parcelle de toutes ces merveilles? demanda-t-elle.

– Tout ce que j'ai est à toi, répondit Fabius.

– Je crois que j'ai toujours eu envie d'une maison, reprit Saviya. Je ne sais pas si c'est à mes origines que je le dois, mais pour moi une maison a toujours représenté l'endroit où l'on passe sa vie paisiblement, sans avoir à changer constamment d'horizon. (Elle soupira profondément.) Peut-être au fond n'ai-je jamais eu l'âme d'une gitane. J'ai simplement cru que je l'avais. Je commence seulement à m'expliquer un certain nombre de choses qui m'échappaient jusqu'ici.

– Je t'en prie, dis-moi tout ce que tu ressens. Je ne pourrais supporter qu'une partie de toi-même m'échappe.

– Je suis... toute à toi, dit-elle.

Le marquis conduisit l'attelage avec brio jusqu'à la porte d'entrée.

Comme ils descendaient tous deux du phaéton, il lui donna la main et ils montèrent ensemble les marches du perron.

Elle était vêtue de la ravissante robe brodée qu'elle portait au moment de la cérémonie. Le marquis avait lui-même fixé à son cou le collier de pierres précieuses.

Elle n'avait rien sur la tête, car le diadème qu'elle portait pendant la célébration appartenait au trésor des Kalderash et servait à tous les mariages de la tribu.

– Il y a là trois messieurs qui vous attendent monseigneur, dit Bush qui était venu au-devant du jeune couple. Ils sont au salon.

– Des visiteurs? s'enquit le marquis.

– C'est le capitaine Collington qui les a amenés, monseigneur. Ils sont arrivés après le déjeuner et je leur ai dit que nous vous attendions vers la fin de l'après-midi.

Le marquis sourit :

– Charles est ici, dit-il à Saviya. Je lui ai écrit hier pour lui assurer que j'étais bien vivant. J'ai pensé qu'il voudrait immédiatement venir s'en rendre compte.

Tenant la main de Saviya, le marquis s'achemina vers le salon dont le valet ouvrit la porte et ils entrèrent ensemble.

Les trois hommes se levèrent immédiatement.

– Fabius, vous ne pouvez pas savoir la joie que j'ai éprouvée en recevant votre billet! s'exclama Collington. (Il s'élança vers le marquis, les mains tendues en signe d'affection.) Comment vous sentez-vous? ajouta-t-il en le prenant dans ses bras.

– Je suis tout à fait remis maintenant, et c'est à Saviya que je le dois. Mais je l'ai échappé belle!

– Fabius m'a écrit combien vous aviez été admirable de courage et de dévouement à son égard, dit Charles en regardant la jeune femme.

Saviya lui sourit tandis qu'il lui prenait la main et la portait à ses lèvres.

– Tous les amis de Fabius et moi-même avons une dette envers vous, reprit-il d'une voix chaleureuse.

Pendant que Collington parlait avec Saviya, le marquis alla rejoindre les deux autres messieurs qui devisaient près de la cheminée.

L'un d'eux était Algernon Gibbon, l'autre était un inconnu.

– J'ai entendu dire de quelle façon vous aviez miraculeusement échappé à la mort, dit sir Algernon. Lorsque votre cousin m'a annoncé que l'on vous avait tendu une embuscade dans les bois et que Saviya vous avait assassiné, je n'ai pu le croire. Mais hélas, je n'avais aucun moyen de vérifier ses dires.

– Tout est bien qui finit bien, conclut Fabius, heureux de retrouver ses amis et désireux d'oublier le passé.

Comme il regardait avec insistance l'inconnu qui se trouvait près de sir Algernon, ce dernier reprit :

– Je vous présente le comte de Glencairn. Je l'ai fait venir pour une raison qui me tient à cœur.

Le marquis tendit la main au nouveau venu, mais curieusement celui-ci la dédaigna pour tourner les yeux vers Saviya qui s'approchait d'eux.

Il la regardait avec tant d'insistance que le marquis laissa lentement retomber sa main.

Alors, comme si tous devinaient qu'il se passait quelque chose d'étrange, il y eut un long silence au terme duquel le duc de Glencairn s'exclama :

– C'est incroyable! (Et, s'adressant à Saviya :) En vous voyant, il m'a semblé voir votre mère.

Saviya le regarda avec stupéfaction, jusqu'à ce que sir Algernon se décidât enfin à donner quelques éclaircissements sur la présence du comte.

– Saviya, le comte Glencairn voudrait examiner cette marque de naissance que vous avez au bras, cette tête de faucon que vous m'avez montrée le soir où nous nous sommes vus pour la première fois.

– Ce n'est pas la peine, intervint le comte. Il me suffit de voir cette jeune personne pour savoir qu'elle est ma fille, que je croyais morte. J'ai appris la vérité sur son sort voici seulement six ans, à la mort de ma seconde femme...

– Je... je suis... donc votre fille? demanda Saviya, que l'émotion faisait bégayer.

– Tu es ma fille, affirma le comte.

– Mais... alors... j'ai un nom?

– Certainement. Tu es Conchita Mac Cairn, ma fille aînée. Lorsque j'ai appris que tu avais été confiée à des gitans, j'ai cru que tu étais définitivement perdue pour moi.

Saviya était très pâle, et comme si elle redoutait d'apprendre tous ces détails sur sa jeunesse, elle posa sa main sur le bras du marquis et le serra très fort.

Il prit sa main et dit :

– Puisque vous êtes le père de Saviya, monsieur, je dois vous apprendre que nous venons de nous marier selon le rite gitan. Maintenant, je vous demande la permission d'épouser Saviya selon les lois anglaises et avec la bénédiction de notre Eglise.

– Dois-je donc perdre ma fille aussitôt après l'avoir retrouvée?

– Comment m'avez-vous retrouvée? demanda Saviya.

– C'est à moi que vous le devez, intervint sir Algernon avec fierté. Quand le marquis et Charles Collington ont cru qu'ils avaient gagné le pari de mille guinées que j'avais engagé avec eux, j'étais sur le point de reconnaître que j'avais perdu et j'étais prêt à payer ma dette.

– Vous avez été beau joueur, reconnut Charles Collington avec admiration.

– Je suis heureux que vous l'ayez pensé, reprit sir Algernon; j'avais cependant la conviction que Saviya était de sang noble.

– Comment pouviez-vous avoir cette conviction? demanda le marquis.

– Parce que j'avais au fond de ma mémoire le souvenir d'une famille dont certains membres portaient au bras une tête de faucon.

– Je croyais que ce signe... signifiait que j'étais sorcière, murmura Saviya.

– Pas du tout, dit sir Algernon, j'ai découvert au cours de mes recherches héraldiques que le faucon était l'emblème des Mac Cairn.

– C'est exact, intervint le comte. Cette marque de naissance remonte à une époque très ancienne et c'était le plus souvent les femmes qui la portaient. Dans nos armoiries figure en effet la tête de faucon.

– Nous vous en sommes très reconnaissants, Gibbon. Grâce à vos connaissances, nous avons pu retrouver la famille de Saviya.

– Quand je me suis souvenu de la marque de

naissance des Mac Cairn, reprit sir Algernon, j'ai écrit au comte pour lui demander une entrevue. Il m'a répondu qu'il était sur le point de partir pour Londres et qu'il viendrait me rendre visite. Entre-temps, j'apprenais la nouvelle de votre mort, mon cher Fabius, et l'arrestation de Saviya.

– Malgré l'accusation qui pesait sur elle, j'aurais eu quand même une grande joie à la revoir, dit le comte.

– Dieu merci, je n'ai pas eu à vous ennuyer avec cette déplorable histoire, continua sir Algernon car, pendant que je me demandais comment j'allais vous annoncer cela, Charles Collington recevait la lettre du marquis, lui annonçant que tout était rentré dans l'ordre.

Le comte s'adressa à Saviya :

– Si tu savais combien j'ai souffert pendant ces six dernières années!

– Mais n'aviez-vous aucun soupçon sur l'échange des bébés? Ne saviez-vous pas que celui que l'on avait enterré n'était pas le vôtre? demanda le marquis.

– Je ne me doutais de rien. En fait, j'étais en voyage à ce moment-là et je ne suis rentré que le jour des obsèques. Tout avait été arrangé par la marâtre de Conchita.

– J'imagine donc que la vieille servante vous a tout raconté. Elle vous a dit dans quelles conditions s'était fait l'échange des enfants. Pourtant, un détail me trouble.

– Quoi donc? demanda le comte.

– Pourquoi Saviya est-elle aussi brune de peau? Elle ne vous ressemble pas du tout.

– Non, en effet, mais l'explication en est simple : mon épouse était espagnole.

– Espagnole! s'exclama Algernon. Comment n'y ai-je pas pensé?

– Nous n'y avons pas pensé non plus, reconnut le marquis.

– Ma famille a toujours possédé des terres en Espagne, dans la région de Ségovie, continua le comte. Au cours d'un voyage là-bas, je suis tombé amoureux fou d'une ravissante comtesse. Je l'ai épousée et ramenée en Ecosse, mais elle est morte à la naissance de notre premier enfant. (Il s'interrompit et reprit d'une voix pleine d'émotion :) Quand je vous ai vue entrer dans cette pièce, j'ai cru voir votre mère, tant la ressemblance est frappante.

– Racontez-nous votre histoire en détail, Fabius, insista Charles.

Le marquis rapporta les propos tenus la veille par le voïvode, puis le comte reprit :

– Conchita, la vieille nourrice, m'a révélé la vérité il y a six ans, à la mort de ma seconde épouse, et ses paroles rejoignent les vôtres.

Il sourit à Saviya qui l'écoutait avec attention.

– Je n'ajouterai qu'une chose, continua le comte, qui, j'espère, ne vous décevra pas trop : vous n'êtes pas mon héritière.

Charles Collington sursauta.

– Pourquoi cela, maintenant que vous l'avez retrouvée?

– Il y a deux ans, ma troisième femme, bien plus jeune que moi, m'a donné des jumeaux. La descendance des Mac Cairn est donc maintenant assurée, dit le comte.

– J'en suis heureux au fond, répliqua le marquis, Je ne souhaitais pas avoir la charge de nouvelles propriétés.

Il se leva et poursuivit en regardant la pendule :

– Le révérend nous attend dans la chapelle du château dans une demi-heure exactement. Je suis sûr, monsieur, que vous souhaitez conduire votre fille à l'autel et je suis ravi d'avoir trouvé un garçon d'honneur en la personne de mon ami Collington.

Fabius sourit à Charles et reprit :

– Notre témoin sera sir Algernon Gibbon, dont les connaissances exceptionnelles ont permis de réunir ma femme et mon beau-père.

Le marquis conduisit Saviya vers la porte et dit tendrement :

– Ma chérie, vous trouverez dans votre chambre une robe blanche et quelques autres vêtements que j'ai commandés hier à Londres. J'espère qu'ils vous plairont. Ils viennent du même magasin que la robe verte utilisée pour mystifier sir Algernon.

– Je n'arrive pas à y croire! dit Saviya. Maintenant, je n'ai plus honte d'être votre épouse.

– Il ne fallait pas avoir honte de ce que vous étiez, Saviya, répondit Fabius. Mais si vous êtes heureuse de savoir que vous appartenez à l'aristocratie écossaise, je partage votre bonheur.

Il prit ses mains et en baisa tendrement tous les doigts un par un.

Elle le regarda dans les yeux et pendant quelques instants, ils restèrent silencieux.

– Je vous aime, dit le marquis, et je voudrais être seul avec vous.

– Moi aussi... murmura Saviya.

Il abandonna doucement sa main et monta dans sa chambre.

Le marquis congédia Hobley vers minuit. Saviya et le comte avaient tant de choses à se dire après la cérémonie que le temps avait passé très vite.

Le mariage avait été très réussi. La chapelle, qui avait conservé ses stalles et un splendide rétable, offrait un cadre grandiose à cette cérémonie intime.

Une douce musique d'orgue lui donnait un caractère de grand recueillement. La lueur des cierges éclairait avec douceur le visage de Saviya couvert d'un voile de dentelle blanche qui appartenait depuis des siècles à la famille des Ruckley.

Une tiare en diamants ornait sa magnifique chevelure d'ébène, d'autres diamants brillaient à son cou et à ses oreilles et son bouquet était composé des plus beaux lys blancs.

Elle était si belle et si digne que l'on oubliait qu'elle avait appartenu à une tribu de nomades.

Le marquis prononça sa promesse d'une voix ferme et puissante qui résonna dans la chapelle.

Les accents sincères de la voix douce de Saviya convainquirent Fabius que cette cérémonie marquait une nouvelle étape dans leurs relations.

Sur les conseils du révérend, et surtout pour faire plaisir au comte, Saviya avait retrouvé son vrai nom de baptême, qui était aussi celui de sa mère. Mais, comme pour Fabius elle serait toujours Saviya, elle dit :

– Moi, Conchita Saviya, prends pour légitime époux Fabius Alexander...

Lors de la cérémonie chez les gitans, les jeunes gens n'avaient pas échangé d'anneaux, mais ce soir l'alliance de la mère de Fabius, marquise de Ruckley, ornait la main gauche de Saviya et il sentit que cet anneau de famille les unissait davantage encore.

Le marquis avait envie de crier que maintenant elle était sienne par tous les liens qui peuvent unir deux êtres et il savait qu'elle était aussi émue que lui. Le caractère sacré de cette cérémonie avait définitivement scellé l'union des jeunes gens et ils étaient convaincus que rien ne pourrait briser ce lien.

– Je t'aime, dit le marquis en sortant de la chapelle.

– Je suis ta femme, répondit-elle, et je veux que chacun sache que je suis à toi seul. Je veux aussi que l'on sache qui est la nouvelle marquise de Ruckley.

– Après-demain, la gazette publiera la nouvelle, et personne n'aura plus aucun doute sur les origines de mon épouse, assura le marquis en souriant.

– Tu sais bien que je ne dis pas cela pour moi, murmura-t-elle.

– Je sais, répondit Fabius, mais je suis très heureux, ma chérie, car maintenant tu sais qui tu es, où est le berceau de ta famille. Tu appartiens à l'un des clans les plus célèbres!

– Tu essaies de m'intimider?

– Non, je te rappelle seulement que maintenant tu as un rang à tenir et que tu dois renoncer à tes pérégrinations à travers le monde.

– Si tu continues à me parler ainsi, je pars, menaça-t-elle.

Fabius savait qu'elle plaisantait, mais il ajouta sérieusement :

– Tu ne m'abandonneras jamais, parce que tu sais que je ne peux vivre sans toi. Et comme j'ai failli te perdre une fois, Saviya, je ne te laisserai jamais t'éloigner de moi.

Elle rit tout en sachant qu'il disait vrai.

Le dîner, servi par des valets à perruques poudrées, était bien différent de celui de la nuit précédente.

Le comte Glencairn racontait des anecdotes sur le clan Mac Cairn, ses combats, ses fiefs et son rôle dans l'histoire de l'Ecosse.

Sir Algernon parlait des marques de naissance d'autres familles écossaises et n'arrêtait pas de dire combien il était heureux d'avoir contribué aux retrouvailles de Saviya et de son père.

Ils avaient tous beaucoup à dire, mais le marquis pensait au voyage qu'il allait entreprendre le lendemain.

– Ne trouvez-vous pas étrange que j'aie justement choisi l'Espagne pour notre voyage de noces? demanda-t-il au comte.

– Vous irez rendre visite à la famille de Conchita, suggéra celui-ci. Je vous donnerai des lettres à leur intention. Vous verrez comme les femmes de ce pays sont belles.

– Saviya en est un exemple, rétorqua le marquis.

La journée qui venait de s'écouler était de celles dont il garderait un merveilleux souvenir. Il frappa doucement à la porte qui séparait sa chambre de celle de Saviya et entra sans attendre de réponse.

La pièce était dans une demi-obscurité, éclairée seulement par la lumière du feu de bois.

Il avait pris soin de faire allumer une flambée dans la chambre de sa femme, car il savait que le feu était un élément vital pour les tribus de gitans, un symbole sacré auquel ils attachaient une grande importance.

Saviya était assise devant l'âtre sur une peau d'ours blanc et s'était entourée de coussins moelleux.

Le parfum des fleurs disposées dans un vase et cette étrange senteur exotique qui émanait de sa chevelure se mêlaient agréablement à l'odeur du feu de bois.

Il la regarda un long moment en silence. Dans sa robe de chambre en soie, il la dominait de toute sa hauteur.

Elle leva la tête vers lui et quand il rencontra son regard il ressentit ce trouble étrange et désormais familier.

– Tu es merveilleuse, mon amour!

– Je suis heureuse que tu me le dises et que tu le penses.

– A quoi d'autre pourrais-je penser?

Les flammes éclairaient son visage : jamais il n'avait vu beauté si précieuse, si touchante.

Un coup de vent s'engouffra soudain dans la cheminée et secoua les rosiers grimpants qui frappérent contre la vitre.

– Le vent est froid, ce soir, dit-il. Heureusement nous allons dormir dans un lit.

– Le crois-tu vraiment? demanda-t-elle avec un regard espiègle.

Il se pencha pour la relever et l'attirer à lui, mais elle le devança et, entourant son cou de ses bras, elle le fit basculer.

– Saviya! s'exclama-t-il.

Alors, leurs lèvres se joignirent et, au plus fort de l'étreinte, il entendit leurs deux cœurs battre à l'unisson.

– Je t'aime, murmura-t-il.

Mais aussitôt il fut emporté par un élan magique, un charme troublant qui lui fit connaître une indicible extase.

LITTÉRATURE GÉNÉRALE

570**** La vie n'attend pas
616** Le sari vert
738* Une histoire de Chine
782** La première femme de Yuan
853**** Viens, mon bien-aimé
891*** Une certaine étoile
999*** La belle procession

BURGER N.-R. SIMPSON G.-E.

877**** Le sous-marin du triangle du diable

BURON Nicole de

1031** Vas-y maman

CARRIERE Jean-Claude

1066**** Humour 1900

CARS Guy des

47** La brute
97*** Le château de la juive
125** La tricheuse
173*** L'impure
229** La corruptrice
246** La demoiselle d'Opéra
265** Les filles de joie
295** La dame du cirque
303** Cette étrange tendresse
322** La cathédrale de haine
331** L'officier sans nom
347*** Les sept femmes
361** La maudite
376** L'habitude d'amour
Sang d'Afrique :
399** I. L'Africain
400** II. L'amoureuse
Le grand monde :
447*** I. L'alliée
448*** II. La trahison
492*** La révoltée
516** Amour de ma vie
548**** Le faussaire
615**** La vipère
639**** L'entremetteuse
696**** Une certaine dame
736*** L'insolence de sa beauté
765** L'amour s'en va-t-en guerre
809** Le donneur
841* Le mage et la boule de cristal
858** J'ose
926*** De cape et de plume - 1
927*** De cape et de plume - 2
990* Le mage et le pendule
1039*** L'envoûteuse - 1
1040*** L'envoûteuse - 2
1094**** Le mage et les lignes de la main – ... et la bonne aventure – ... et la graphologie

CARS Jean des

832**** Sleeping story
1055**** Haussmann. La gloire du Second Empire

CARTLAND Barbara

727** Les belles amazones
751** La naïve aventurière
758** L'irrésistible amant
783** Contrebandier de l'amour
804** Une trop jolie gouvernante
828** La valse des cœurs
845*** La fée de la glace
854*** Le fantôme de Monte-Carlo
868** L'amour vient quand il veut
878*** Le printemps d'Aurelia
883*** Le retour de la belle inconnue
898** Amour secret
908** Cléona et son double
920** Les seigneurs de la côte
931** Escapade en Bavière
944** Les feux de l'amour
953*** C'est lui, le désir de mon cœur
964*** La révolte de lady Corinna
965** L'amour au bout du chemin
973** Le masque de l'amour
985*** La belle et le cavalier
993** La fiancée réticente
1003** Le terrible secret de Giselda
1014** Les hasards de l'amour
1023** L'impétueuse duchesse
1032** le secret de Sylvina
1042** La sorcière aux yeux bleus
1052*** Les amours mexicaines
1062** Cœur captif

1069** Les roses de Lahore
1072** Le message de l'orchidée
1076** Quand l'amour triomphe
1077*** Le corsaire de la reine
1087**** Séréna
1088*** Par amour ou par pitié?
1097*** Au péril de l'amour
1098** Messagère de l'amour
1109**** La fille de Séréna
1110** La flamme d'amour
1120** Sous le charme gitan (déc. 1980)
1121*** Un faux mariage (déc. 1980)

CESBRON Gilbert

6** Chiens perdus sans collier
65*** Vous verrez le ciel ouvert
131** Il est plus tard que tu ne penses
365* Ce siècle appelle au secours
379** C'est Mozart qu'on assassine
454* L'homme seul
565* Une sentinelle attend l'aurore
634*** Je suis mal dans ta peau
851**** Ce qu'on appelle vivre
979** La ville couronnée d'épines

CHAIX Marie

597** Les lauriers du lac de Constance
972** Les silences ou la vie d'une femme

CHARLES Theresa

873*** Le chirurgien de Saint-Chad
874*** Inez, infirmière de Saint-Chad
945*** Un amour à Saint-Chad
994** Crise à Saint-Chad
1035** Fidèle à un rêve
1080** Pour un seul week-end
1112** Lune de miel à Saint-Chad

CHOW CHING LIE

859*** Le palanquin des larmes

CHRISTIE Agatha

124** Loin de vous ce printemps

CLANCIER Georges-Emmanuel

Le pain noir :
651*** I. Le pain noir
652*** II. La fabrique du roi
653**** III. Les drapeaux de la ville
654*** IV. La dernière saison
810**** L'éternité plus un jour - 1
811**** L'éternité plus un jour - 2

CLAVEL Bernard

290* Le tonnerre de Dieu
300* Le voyage du père
309*** L'Espagnol
324* Malataverne
333** L'hercule sur la place
457* Le tambour du bief
474* Le massacre des innocents
499** L'espion aux yeux verts
522**** La maison des autres
523**** Celui qui voulait voir la mer
524**** Le cœur des vivants
525**** Les fruits de l'hiver
590** Le seigneur du fleuve
611* Victoire au Mans
658* Pirates du Rhône
742*** Le silence des armes
916*** Ecrit sur la neige
1099** Tiennot

CLELAND John

711*** Les mémoires de Fanny Hill

CLERC Michel

750**** Bakchich

COLETTE

2* Le blé en herbe

CONSTANTINE Eddie

805**** Le propriétaire

CORMAN Avery
1044*** Kramer contre Kramer

COTTE Jean-Louis
560*** Les semailles du ciel
907**** La vallée des justes

COYNE John
1070** Psychose phase 3

CURTIS Jean-Louis
312** La parade
320** Cygne sauvage
321** Un jeune couple
348* L'échelle de soie
413** Le thé sous les cyprès
514**** Les forêts de la nuit
555** La quarantaine
692** Un miroir le long du chemin
831** L'étage noble

CUSSLER Clive
892**** Renflouez le Titanic!

DALLAYRAC Dominique
1051*** Et le bonheur, maman?

DAUDET Alphonse
34* Tartarin de Tarascon
414* Tartarin sur les Alpes
844* Lettres de mon moulin

DAVENAT Colette
641** Deborah : Le printemps des amours - 1
642** Deborah : Le printemps des amours - 2
643** Deborah : L'amour aux cent facettes - 1
644*** Deborah : L'amour aux cent facettes - 2
645*** Deborah : Paris des passions - 1
646*** Deborah : Paris des passions - 2
647*** Deborah : Le complot d'Irlande
648**** Deborah : L'ombre de la hache

DELLY
888* Les heures de la vie
889** Les ombres
890*** Mitsi
921** La rose qui tue
922** Le candélabre du temple
987** La chatte blanche
1004* L'infidèle
1015** Les deux crimes de Thècle
1053* Le fruit mûr
1102*** Une misère dorée
1124** La douloureuse victoire (déc. 1980)

DEMOUZON
882*** Mouche
919*** Un coup pourri
1017*** Le premier né d'Egypte
1081*** Le retour de Luis

DESMAREST Marie-Anne
970*** Torrents
1024** Jan Yvarsen
1122** Jan et Thérèse (déc. 1980)

DHOTEL André
61** Le pays où l'on n'arrive jamais

DOCTOROW E. L.
825*** Ragtime

DOFF Neel
766*** Jours de famine et de détresse

DUBOIS Jacqueline
852*** Le Petit Octobre

FAURE Lucie
826** Un crime si juste

FERRIERE Jean-Pierre
818*** La femme en néon
933*** La nuit de Mme Hyde
1027*** Des relations de plage
1103*** Le carnet noir de Rose monde Talbot

FLAUBERT Gustave
103** Madame Bovary

FLYNN Errol
974**** Mes 400 coups

FOURASTIE Fr. et J.
1090**** Les écrivains témoins du peuple

FRANCE Claire
169** Les enfants qui s'aiment (déc. 1980)

FRISON-ROCHE
715** La peau de bison
775*** La vallée sans hommes
866*** Carnets sahariens
936*** Premier de cordée
951*** La grande crevasse
960*** Retour à la montagne
1054*** La piste oubliée
1064*** La Montagne aux Ecritures
1078*** Le rendez-vous d'Essendilène

FULLER Roger
998** Carnaval à Peyton Place
1108*** Du nouveau à Peyton Place

GAILLARD Robert
893*** Marie des Isles - 1
894*** Marie des Isles - 2
895*** Marie des Isles - 3
896*** Marie des Isles - 4
940*** Marie Galante - 1
941*** Marie Galante - 2
942*** Marie Galante - 3
943*** Marie Galante - 4
981*** Capitaine Le Fort - 1
982*** Capitaine Le Fort - 2
983*** Capitaine Le Fort - 3
984*** Capitaine Le Fort - 4
1025*** L'héritier des Isles - 1
1026*** L'héritier des Isles - 2

GALLO Max
564* Un pas vers la mer
662** L'oiseau des origines
La baie des Anges :
860**** I. La baie des Anges
861**** II. Le palais des Fêtes
862**** III. La promenade des Anglais

GERARD Nicole
872**** Sept ans de pénitence

GOBINEAU Marcel
788*** Stéphanie : l'amour a quatre saisons - 1
789*** Stéphanie : l'amour a quatre saisons - 2
790*** Stéphanie : puisque je t'aime - 1
791*** Stéphanie : puisque je t'aime - 2
792*** Stéphanie : le prix de la liberté - 1
793*** Stéphanie : le prix de la liberté - 2
794*** Stéphanie : les feux du désir - 1
795*** Stéphanie : les feux du désir - 2

GOLON Anne et Serge
667*** Angélique, marquise des Anges - 1
668*** Angélique, marquise des Anges - 2
669*** Angélique, le chemin de Versailles - 1
670*** Angélique, le chemin de Versailles - 2
671*** Angélique et le roy - 1
672*** Angélique et le roy - 2
673*** Indomptable Angélique - 1
674*** Indomptable Angélique - 2
675*** Angélique se révolte - 1
676*** Angélique se révolte - 2
677*** Angélique et son amour - 1
678*** Angélique et son amour - 2
679*** Angélique et le Nouveau Monde - 1
680*** Angélique et le Nouveau Monde - 2
681*** La tentation d'Angélique - 1
682*** La tentation d'Angélique - 2

683*** Angélique et la Démone - 1
684*** Angélique et la Démone - 2
685**** Angélique et le complot des ombres

GRADY James
709* Les trois jours du Condor
1065**** L'ombre du Condor

GRAY Martin
839** Le livre de la vie
840** Les forces de la vie

GREGOIRE Mennie
824**** Telle que je suis

GROULT Flora
518* Maxime ou la déchirure
897** Un seul ennui, les jours raccourcissent

GUEST Judith
909*** Des gens comme les autres

HALEY Alex
968**** Racines - 1
969**** Racines - 2

HAWKESWORTH John
717** Maîtres et valets

HEAVEN Constance
812*** La maison Kouraguine
869*** Interroge le vent
995*** Le château sous la lune
1043*** Orage en Camargue
1125*** Marietta (déc. 1980)

HEBRARD Frédérique
823** Un mari c'est un mari

HOLLANDER Xaviera
838*** Madam'

HOLT Victoria
834*** La maison aux mille lanternes
899**** La porte du rêve
1063**** L'orgueil du Paon
1113**** Le galop du Diable

HURST Fanny
261*** Back Street

JONG Erica
816**** Le complexe d'Icare
991**** La planche de salut

KATZ Robert
827** Le pont de Cassandra

KONSALIK Heinz G.
497**** Amours sur le Don
549**** Brûlant comme le vent des steppes
578*** La passion du Dr Berg
610** Docteur Erika Werner
655*** Mourir sous les palmes
686** Aimer sous les palmes
755** Deux heures pour s'aimer
817** L'or du Zephyrus
939**** Les damnés de la Taïga
978** L'homme qui oublia son passé
1030*** L'amour est le plus fort
1084*** La caravane des sables

LANGE Monique
1091*** Histoire de Piaf

LARTEGUY Jean
710**** Enquête sur un crucifié
737**** Les rois mendiants
1050**** Les naufragés du soleil
1095**** Le cheval de feu

LEFEVRE Françoise
697* La première habitude
867* Le bout du compte

LE PORRIER Herbert
666*** Le médecin de Cordoue

LEVIN Ira
906*** Ces garçons qui venaient du Brésil

L'HOTE Jean
53** La communale
260** Confessions d'un enfant de chœur

LOWERY Bruce
165* La cicatrice

LUND Doris
759*** Eric (Printemps perdu)

MALPASS Eric
340** Le matin est servi
380*** Au clair de la lune, mon ami Gaylord

MARKANDAYA Kamala
117** Le riz et la mousson

MARQUET Mary
881*** Ce que j'ose dire
1034** Ce que je n'ai pas dit...

MATHIEU Dr Gustave
1036**** La santé grâce aux plantes

MATTHEWS Patricia
1056**** La maîtresse de Malvern

McCULLOUGH Colleen
1021**** Les oiseaux se cachent pour mourir - 1
1022**** Les oiseaux se cachent pour mourir - 2

METALIOUS Grace
849*** Peyton Place - 1
850*** Peyton Place - 2
905**** Retour à Peyton Place

MICHAUD Dr Jacques
946** Médecines ésotériques, médecine de demain
949**** Pour une médecine différente

MORRIS Edita
141* Les fleurs d'Hiroshima

MOUSTIERS Pierre
802* Un crime de notre temps

MYRER Anton
1073**** Les derniers jours de l'été - 1
1074**** Les derniers jours de l'été - 2

NERY Gérard
743** Julie Crèvecœur - 1
744** Julie Crèvecœur - 2
745** Julie Crèvecœur - 3
746** Julie Crèvecœur - 4
747** Julie Crèvecœur - 5
748** Julie Crèvecœur - 6
932*** Norma Désir
986*** Les nuits d'Hollywood

PALAISEUL Jean
912*** Tous les espoirs de guérir - 1
913*** Tous les espoirs de guérir - 2
914*** Tous les espoirs de guérir - 3

PARTURIER Françoise
1012**** Calamité, mon amour

PAUWELS L. et BRETON G.
959*** Histoires magiques de l'Histoire de France - 1
1123**** Histoires magiques de l'Histoire de France - 2 (déc. 1980)

PEREC Georges
259* Les choses

PEYREFITTE Alain
937*** Quand la Chine s'éveillera... - 1
938*** Quand la Chine s'éveillera... - 2

PEYREFITTE Roger
17*** Les amitiés particulières
86* Mademoiselle de Murville
107** Les ambassades
416** Notre amour
430** Les clés de Saint Pierre
438** La fin des ambassades
455** Les fils de la lumière

473* La coloquinte
487** Manouche

REID P. R.
661** Colditz

RENARD Jules
11* Poil de carotte

RHODES Evan H.
819** Le prince de Central Park

RINGUET
1089*** Trente arpents

ROBBINS Harold
733**** L'empire des rêves
917*** Les ambitieux - 1
918*** Les ambitieux - 2
961*** Une femme solitaire - 1
962*** Une femme solitaire - 2
1100*** Danny Fisher - 1
1101*** Danny Fisher - 2

ROGERS Rosemary
929*** Le métis - 1
930*** Le métis - 2
952**** Amour tendre, amour sauvage
1060*** Insolente passion - 1
1061*** Insolente passion - 2

ROSSI Jean-Baptiste
354** Les mal partis

SADOUL Jacques
1000** La passion selon Satan
1045** Le jardin de la licorne
1079** Les Hautes Terres du Rêve

SAGAN Françoise
461* Un peu de soleil dans l'eau froide
553* Des bleus à l'âme
702* Un profil perdu
915*** Le lit défait
1096** Le sang doré des Borgia

SAINT-ALBAN Dominique
Noële aux Quatre Vents :
441** I. Les Quatre Vents
442** II. Noële autour du monde
443** III. Les chemins de Hongrie
444** IV. Concerto pour la main gauche
445** V. L'enfant des Quatre Vents
446** VI. L'amour aux Quatre Vents
Anne, jour après jour :
635*** 1 - Anne, jour après jour
636*** 2 - Le château de la mer
699*** 3 - Les marronniers du Ranelagh

SAINT-LAURENT Cécil
703*** La bourgeoise
1041**** La mutante
1106*** Captain Steel - 1
1107*** Captain Steel - 2

SCHREIBER Flora Rheta
777**** Sybil

SCHWEITZER Albert
596* Souvenirs de mon enfanc

SEARLS Hank
963*** Les dents de la mer - 2e partie

SEGAL Erich
412* Love story
1059** Oliver's story

SELINKO Annemarie
489** J'étais une jeune fille lai

SELTZER David
796** La malédiction

SELTZER et HOWARD
992*** Damien, la malédiction -

STEEL Danielle
1075*** Leur promesse

SUSANN Jacqueline

690*** Une fois ne suffit pas - 1
691*** Une fois ne suffit pas - 2
781** Dolorès

TROYAT Henri

10* La neige en deuil
La lumière des justes :
272*** I. Les compagnons du coquelicot
274*** II. La barynia
276*** III. La gloire des vaincus
278*** IV. Les dames de Sibérie
280*** V. Sophie ou la fin des combats
323* Le geste d'Eve
Les Eygletière :
344*** I. Les Eygletière
345*** II. La faim des lionceaux
346*** III. La malandre
559** La pierre, la feuille et les ciseaux
619** Anne Prédaille
Le Moscovite :
762** I. Le Moscovite
763** II. Les désordres secrets
764** III. Les feux du matin
801*** Grimbosq
950** Le front dans les nuages
1117** Le prisonnier n° 1 (déc.1980)

JRIS Léon

863**** Trinité - 1
864**** Trinité - 2
865**** Trinité - 3

/AUTRIN Denyse

009**** Le tourbillon des jours - 1
010**** Le tourbillon des jours - 2
011**** Le tourbillon des jours - 3

VIALAR Paul

57** L'éperon d'argent
402** Les invités de la chasse
501*** Mon seul amour
623** Le fusil à deux coups
980** Le triangle de fer

VILALLONGA José-Luis de

493* Fiesta
876** Solo

VILLAMONT Viviane

1013**** Le Guêpiot

WALKER Margaret

842*** Jubilee - 1
843*** Jubilee - 2

WEBB Mary

63*** La renarde

WOODIWISS Kathleen E.

772**** Quand l'ouragan s'apaise
820**** Le loup et la colombe
1085*** Shanna - 1
1086*** Shanna - 2

WOUK Herman

575**** Le souffle de la guerre - 1
576**** Le souffle de la guerre - 2
577**** Le souffle de la guerre - 3

ZOLA Emile

900*** L'assommoir
901*** Germinal
902*** La terre
954*** Nana
955*** La bête humaine
1008** La fortune des Rougon
1018** Thérèse Raquin

L'AVENTURE MYSTÉRIEUSE

BARBARIN Georges
A. 216* Le secret de la grande pyramide
A. 229* L'énigme du Grand Sphinx

BELLINE
A. 342** La troisième oreille
A. 345** Histoires extraordinaires d'un voyant
A. 356*** Un voyant à la recherche du temps futur

BERGIER Jacques
A. 250* Les extra-terrestres dans l'Histoire
A. 351** Visa pour une autre Terre
A. 361** La guerre secrète de l'occulte

BERGIER J. et GALLET G. H.
A. 374*** Le livre du mystère

BERLITZ Charles
A. 363** Le mystère de l'Atlantide

BERNSTEIN Morey
A. 212** A la recherche de Bridey Murphy

BIRAUD Fr. et RIBES J.-C.
A. 281** Le dossier des civilisations extra-terrestres

BROWN Rosemary
A. 293* En communication avec l'au-delà

CARMI Gabrielle
A. 347** Le temps hors du temps

CAYCE Edgar
A. 300* Visions de l'Atlantide

CHARPENTIER Louis
A. 325** Les géants et le mystère des origines
A. 364** Les mystères templiers
A. 367** Les Jacques et le mystère de Compostelle

CHARROUX Robert
A. 190** Trésors du monde
A. 372**** Histoire inconnue des hommes depuis cent mille ans
A. 378**** Le livre des secrets trahis
A. 382**** Le livre des maîtres du monde (déc. 1980)

CHEVALLEY Abel
A. 200* La bête du Gévaudan

CHURCHWARD James
A. 223** Mu, le continent perdu
A. 241** L'univers secret de Mu

DÄNIKEN Erich von
A. 322** Vers un retour aux étoiles
A. 365*** L'or des dieux
A. 377*** Le livre des apparitions

DEMAIX Georges
A. 262** Les esclaves du diable

EDWARDS Frank
A. 355*** Du nouveau sur les sou coupes volantes

FLAMMARION Camille
A. 247*** Les maisons hantées
A. 310*** La mort et son mystère
A. 311** Après la mort

GRANGER Michel
A. 349*** Terriens ou extra-terres tres?

HEMMERT D. et ROUDENE A.
A. 339** L'univers des fantômes

HYNEK J. Allen
A. 327**** Les O.V.N.I., mythe ou réalité?

IVERSON Jeffrey
A. 360*** Vivons-nous plus d'une vie?

LE POER TRENCH Brinsley
A. 321** Les géants venus du ciel

LISSNER Ivar
A. 319** Civilisations mystérieuses

MANNING Matthew
A. 341** D'où me viennent ces pouvoirs?

MILLARD Joseph
A. 232** L'homme du mystère, Edgar Cayce

MOODY Dr Raymond
A. 379** La vie après la vie

NEUVILLE Pierre
A. 301** Ces autres vies que vous avez pourtant vécues

OSSENDOWSKI Ferdinand
A. 202** Bêtes, hommes et dieux

PERRIN R. Jack
A. 362**** Le mystère des O.V.N.I.

PIKE James A.
A. 285*** Dialogue avec l'au-delà

PLANSON Claude
A. 323*** Vaudou, un initié parle

PLAYFAIR Guy Lyon
A. 373**** La vie sans frontières

RAMPA T. Lobsang
A. 11** Le troisième œil
A. 210** Histoire de Rampa
A. 226** La caverne des anciens
A. 256** Les secrets de l'aura
A. 277** La robe de sagesse
A. 298* Les clés du nirvâna
A. 326** Crépuscule
A. 357* C'était ainsi
A. 366** Je crois
A. 375** Les trois vies

RANDALL Neville
A. 359*** La mort ouvre sur la vie

ROBINSON Lytle W.
A. 305*** Edgar Cayce et le destin de l'homme

ROULET Alfred
A. 320* A la recherche des extra-terrestres

SADOUL Jacques
A. 258*** Le trésor des alchimistes

SANTESSON Hans Stephan
A. 332** Le dossier Mu

SAURAT Denis
A. 187* L'Atlantide et le règne des géants

SEDE Gérard de
A. 185** Les Templiers sont parmi nous
A. 303* La race fabuleuse
A. 316*** Le secret des Cathares
A. 343** L'étrange univers des prophètes
A. 358* La Rose-Croix

SENDY Jean
A. 371*** Ces dieux qui firent le ciel et la terre
A. 376*** L'ère du Verseau
A. 381*** Les temps messianiques

SOTTO Alain et OBERTO Varinia
A. 368** Au delà de la mort

TALAMONTI Leo
A. 317*** Univers interdit

TARADE Guy
A. 214** Soucoupes volantes et civilisations d'outre-espace

VALLÉE Jacques
A. 308** Chroniques des apparitions extra-terrestres

VANDENBERG Philipp
A. 336*** La malédiction des pharaons

WAMBACH Helen
A. 380** La vie avant la vie

WATSON Lyall
A. 354**** Histoire naturelle du surnaturel
A. 369*** Histoire naturelle de la vie éternelle

WEBB Dominique
A. 348** L'hypnose et les phénomènes psi

WILSON Colin
L'occulte :
A. 330*** 1 - Histoire de la magie
A. 331*** 2 - Les pouvoirs latents de l'homme (déc. 1980)

WINER Richard
A. 370** Le nouveau dossier du Triangle des Bermudes

Editions J'ai Lu, 31, rue de Tournon, 75006 Paris

diffusion
France et étranger : Flammarion, Paris
Suisse : Office du Livre, Fribourg
Canada : Flammarion Ltée, Montréal

Achevé d'imprimer sur les presses de l'imprimerie Brodard et Taupin
7, Bd Romain-Rolland, Montrouge. Usine de La Flèche,
le 14 novembre 1980
6518-5 Dépôt Légal 4e trimestre 1980. ISBN : 2 - 277 - 21120 - 6
Imprimé en France